계속 태어나는 당신에게

그림 | 변웅필

독일 뮌스터 미술대학(prof. Hans Paul Isenrath)을 졸업했다.
현재 강화도 작은 마을에서 그림을 그리며 반려견 만득이와 살고 있다.
@wwwungpilcom

계속 태어나는 당신에게

박연준 지음

두 시인이
한 예술가에게
보내는 편지

ㄴㄴ> <ㄷㄴ

차례

작가의 말을 대신하며

미치고 싶은 것과 진짜 미치는 것의 차이를
당신은 알고 있었죠.
그건 당신에게 축복이었나요, 저주였나요?

매일 쓸데없이 열렬히 시를 쓰던 때

저는 당신의 선율을 좋아했습니다.

당신의 음악엔 묘한 힘이 있어요.

'힘없이 힘있는' 걸음,

목적 없이 나아가는 걸음.

반복되는 걸음.

발자국이 사라지는 걸음.

고양이처럼 무심히 돌고 도는 걸음 말이지요.

Érik Alfred Leslie Satie

(1866~1925)

To. 에릭 사티

음악이 서성일 때,
그때가 좋습니다

꿈을 꿨습니다. 아버지와 나란히 앉아 수다를 떨고 있었습니다. 꿈속에서 아버지는 아프지도, 늙지도, 죽지도 않았습니다. 오래전 우리가 그래온 것처럼 가만가만 길게 이야기를 나눴습니다. 그러다 아버지의 허리춤에서 불빛이 새어나오는 것을 보았습니다. 웬 불이냐고 야단인 제게 아버지는 타오르는 담배꽁초를 주머니에서 꺼내 보여주었습니다. 아버지의 손바닥 위에서 등불처럼 타오르는 그것을 보고 저는 불을 꺼야 한다고 비명을 질렀습니다. 담뱃불 하나 제대로 끄지 못하냐며 그를 타박했지요.

불이야 좀 나면 어떤가요. 꿈속인데요. 깨고 나니 후회가 됩니다. 저는 왜 작은 불씨 하나를 못 견뎠을까요? 불을 견뎌내는 누군가의 손바닥도 있는데요.

카페 '검은 고양이'에서 연주를 마치고 피아노에서 떨어져나온 당신을 상상합니다. 흔들리는 몇 개의 불빛을 지키며, 밤을 걷는 사람. 당신의 걸음걸이를 상상해봅니다. 어디로 갈 건가요? 당신의 피로와 추위, 혼자된 영혼을 데리고. 당신은 꽁다리에 시를 묻히고 다니는 사람입니다. 사람들은 그런 사람을 칭송하거나 혐오하는데, 당신의 경우 후자일 때가 많았다고 알고 있습니다. 어떤 예술가에게 세상은 유독 혹독해지죠.

재미있는 이야기 하나 할게요.

스물아홉 때 「산책」이란 제목으로 시를 한 편 썼어요. 부제를 '에릭 사티의 4분음표 걸음으로'라고 붙인 시지요. 그때 저는 당신의 선율을, 음악의 걸음걸이를 주목했습니다. 시의 갈비뼈를 빼서 음악을 지휘하는 당신의 주법을 알아보았어요. 시와 음악은 같은 음계를 사용해요. 같은 오선지에서 뛰놀고 같은 감각 회로를 갖지요. 저는 언어에 선율을, 당신은 선율에 언어를 입힌다고 생각합니다. 과장이 아니라 진심으로요.

그때 저는 바퀴벌레가 출몰하는 방에서 혼자 귀신처럼 서성이곤 했어요. 도무지 물기가 생길 일 없는 싱크대가 달린 원룸에 혼자 살던 때입니다. 그 방엔 대부분 저와 시 둘만 거주했습니다. 어둑하고 신산한, 음기가 넘치던 방이었어요. 슬픔만으로 뭐든 키울 수 있을 것 같던 때였습니다.

매일 쓸데없이 열렬히 시를 쓰던 때 저는 당신의 선율을 좋아했습니다. 제 귀를 거슬리게 하지 않는 몇 안 되는 소리였거든요. 시의 리듬에 근접한 음악. 원래 시는 음악과 한패잖아요? 당신의 음악엔 묘한 힘이 있어요. '힘없이 힘있는' 걸음, 목적 없이 나아가는 걸음. 반복되는 걸음. 발자국이 사라지는 걸음. 고양이처럼 무심히 돌고 도는 걸음 말이지요.

햇빛은 수줍은 올챙이처럼 떼 지어 도망 다닌다
840번을 반복해도 나는 변하지 않을 테지만
잠을 토닥이느라 베개도 지쳤겠지만
거울 속엔 저렇게 눈이 많이 내린다
29년째 얼굴을 찡그리느라 근육을 혹사시켰어

음악은 쉬고 싶을 거야

새벽 4시는 숨죽인 꽃처럼 아름다울까?

—졸시, 「산책」 중에서*

당신은 〈세 개의 짐노페디Trois Gymnopédies〉 중 1번은 '느리고 비통하게', 2번은 '느리고 슬프게', 3번은 '느리고 장중하게' 연주하도록 주문했죠? 세 가지 형식이 어떻게 다른지 그 미세한 차이를 알아요. 그 차이가 얼마나 중요한지도요. 비통은 슬픔보다 발이 무겁죠. 슬픔은 장중함보다 선이 길고 종종 위로 솟아야 하고, 무게 중심이 약간 빨리 이동해야 하고요. 장중함은 나체가 아니죠. 무엇이든 얇은 거라도 걸친 채 발을 끌 듯 걸어야 하죠. 그 얇은 외투가 당신의 음악이겠죠. '비감悲感'은 당신의 음악에서 공통분모가 됩니다. 그런데 이 비감이 쓰고 있는 모자가 바로 '명랑' 아닌가요. 당신의 음악은 슬픈 가운데 명랑합니다. 사실 이 점 때문에 당신 음악에 끌렸던 것 같습니다. 제 시를 읽고 눈치챘겠지만 "840번"이란 숫자는 당신의 숫자입니다. 〈벡사시옹vexation: 짜증〉이란 곡을 작곡한 당신은 악보에 이런 주문을 달아놓지요.

연주자에게, 이 동기를 840회 연속으로 연주하시오. 미리 준비를 하고 절대적인 침묵 속에서 미동도 없이 연주하시오.

우스워라! 840회 반복한다면 연주 시간이 스무 시간도 넘는다 하더군요. 그래서 당신은 연주자에게 "미리 준비"를 하라고 한 거군요! 저는 제 자신을 840번 연주해본 적 있어요. 반복할 수밖에 없었으니까요. 반복은 서성임입니다. 반복은 그네이고, 반복은 리듬이고, 반복은 걸음걸이지요. 반복은 지옥이고 반복은 강조입니다. 반복은 걱정이고 반복은 대체 불가능이고 반복은 반복 자체입니다. 반복은 변주를 향하고, 이 미세한 틀어짐이 균형과 색깔을 불러와요.

당신이 왜 840번을 반복해 연주하라 요청했는지 저는 이해할 것 같습니다. 그래야만 하니까요. 모두 다른 반복! 다 다른 반복! 다 다른 반복.

어젯밤 두 편의 시를 썼습니다. 그중 한 편의 제목은 「음악의 말」인데 첫 문장을 말해줄까요? (첫 문장이 전부니까요.)

벼락처럼 빠른 걸 주운 사람? 주운 사람?

당신이 무덤에 누워 눈을 감은 채 나직이 대답하는 상상을 합니다. "나"라고. 벼락처럼 빠른 걸 주운 사람이 당신이라고요. 음악은 "흐를 때도 있지만 고여 있을 때도, 앉아 있을 때도, 싸우고 있을 때도" 있어요. 그리고 서성일 때도 있죠. 저는 음악이 서성일 때, 그때가 좋습니다.

말하고 나니, 기도한 것 같은 기분이 드는 이유는 뭘까요.

어떤 대화는 기도를 상회하죠. 덕분이에요.

고마워요. → 이 말을 840번 반복하시오! 이렇게 요청합니다.

평안하시길.

From. 박연준

* 박연준, 『아버지는 나를 처제, 하고 불렀다』, 문학동네, 2012.

잃는 것! 열렬히 잃어버리는 것.

그것은 당신이 얻는 것만큼이나 잘하는 일이었지요.

어마어마한 것을 지속적으로 잃으면서도

상황을 정확히 인식하기!

그것은 지적인 사람,

그리고 욕심이 없는 사람만이 할 수 있는 일입니다.

Françoise Sagan

(1935~2004)

To. 프랑수아즈 사강

욕심 없이
열렬히 읽는다는 것

이런 문장으로 시작해보겠습니다. 당신의 문장입니다.

수표가 꽃처럼 만발하던 봄이었다.*

당신에게 반한 순간은 여러 번 있지만, 이 문장을 읽는 순간 완전히 넘어갔습니다knockdown. 오해하지 마세요. 당신이 돈을 잘 벌어서가 아니에요. 돈을 잘 버는 사람은 지구상에 얼마나 많은가요? 그보다 저는 당신의 표현력에 반했습니다. 세상에 자신이 벌어들이는 돈을 만발한 꽃으로 비유하는 사람도 있구나! 저 문장에는 이런 게 내포되어 있습니다. 돈에 대한 거리 감각, 긍정적 태도(열등감이나 우월의식 없이!), 귀족성, 태연함 등이지요. 게다가 돈에 대한 주인의

식도 없지요. 아무튼 수표가 꽃처럼 만발했다던 봄날, 당신은 그 돈으로 경주마 한 마리를 삽니다. 그다음은…… 음, 말하지 맙시다.

잃는 것! 열렬히 잃어버리는 것. 그것은 당신이 얻는 것(버는 것)만큼이나 잘하는 일이었지요. 내 관심은 당신의 무모함이나 어리석음, 모험심 따위가 아닙니다. 위험 속으로의 투신이 아니라, 그것을 인식하는 당신의 자세에 관심이 있습니다(저는 '자세'에 관심이 많은 부류입니다). 어마어마한 것을 지속적으로 잃으면서도 상황을 정확히 인식하기! 그것은 지적인 사람, 그리고 욕심이 없는 사람만이 할 수 있는 일입니다. 당신이 도박에 빠져 있던 숱한 나날. 사람들은 당신이 한탕주의에 빠진 욕심 많은 작가, 어리석은 구제불능이라 생각했을지 모릅니다. 아주 틀린 말은 아닐 거예요(당신, 구제불능이긴 했으니까). 그러나 저는 당신의 말에 다시 주목합니다. 텔레라마의 기자 미셸 가지에게 털어놓은 당신의 말을 인용해볼게요.

"잃고 있을 때, 나는 찰나의 순간 속에서 작은 창문 하나가 있고 희미한 불이 밝혀진, 그리고 채워넣어야 할 전표들이 산더미처럼 쌓여 있는 작은 방안에 있는 내 모습을 봐요. 나는 혹여 올 수도 있는 파

산에 대해 매우 소설적이고 문학적인 이미지를 갖고 있지요." **

오지 않았지만 "올 수도 있는" 파산. 그것을 직관하는 사람. 알면서 가는 사람. 보통 사람들은 현실이라는 문제에 대비 태세를 취하며 살아갑니다. '사건' 이전과 이후를 분석해 불행이 두 번은 닥치지 못하도록 주의하지요. 건강한 사람들, 조바심 내는 사람들, 행복을 위해 스트레스를 달고 사는 사람들, 겁이 많은 사람들이 대부분 그렇습니다. 반면 당신은 위기의 상황에서 현재 상태와 닥칠 미래의 문제를 대단히 '문학적'으로 직시해요. 관조하죠. 카메라 앞에 선 감독처럼 조망해요. 자기 처지를 객관화하는 당신의 능력. 전 재산을 잃고 있는 자신을, 벼랑 끝으로 달려가는 자신을 피하지 않고 바라보는 능력. 바라본다는 것의 의미를 안다면 당신의 재능이 어떤 형상을 띠고 있는지 알 수 있을 거예요. 맞아요, 작가에겐 재능이라 볼 수 있는 태도예요. 당신은 불행 앞에서 불행보다 더 어리석게 행동함으로써, 불행을 질리게 하는 유형이에요.

제 유일한 불행은 당신처럼, 잃기에 능한 사람들을 사랑한다는 겁니다. 늘 뭔가 대단히 크게 잃은 적이 있는 사람에게 마음이 가요. 잃은 후 의연하게 다시 걷는 사람이요. 작아진 사람. 다시 처음으로 돌아가 행동하는 사람. 어리석음을 포기하지 않는 사람이요. 그런 사람들에게는 끝내 화를 낼 수 없어요. 어리석음을 위한 그들의 의지, 순수함 때문에 기가 질려요. 무엇도 잃은 적 없는 사람, 양지에서 있는 사람, 뼛속까지 엘리트, 칭송만 받는 사람, 힘과 권력을 손에서 놓은 적 없는 사람을 저는…… 싫어합니다. 잠시 망설인 이유는 그들에 대한 제 미움이 합당한가 생각해보았기 때문입니다.

저는 꺾여본 나무에 마음이 갑니다. 망가질 가능성이 농후한 자들. 그들의 위태로움과 의연함, 삶에 대한 사랑, 목마름, 그리고 슬픔을 아낍니다. 그들은 진짜 슬픔이 뭔지 알지요. 사람들은 때로 분노나 억울함, 열패감 따위를 슬픔이라 착각하며 삽니다. 하지만 슬픔의 정수는 소중한 걸 탈탈 잃어버리고 태연히 말간 얼굴로 아침을 맞이한 사람이 손에 쥐는 것에 있습니다. 그렇지 않나요? 종국에 지는 사람들이요. 당신의 첫 소설 제목처럼 "슬픔이여, 안녕" 하고 슬픔을 맞이하는 사람들. 피츠제럴드에 대해 당신이 쓴 문장, 기억하나요?

사람들은 그에 대해 경박하다고 했다, 마치 행복이란 것이 경박할 수 있는 것처럼. 무감각하다고 했다, 마치 알코올중독이 무감각할 수 있는 것처럼. 무력하다고 했다, 마치 작가가 실력이 없을 수 있는 것처럼. 옹졸하다고 했다, 마치 재능이 옹졸할 수 있는 것처럼. 그러나 사실, 피츠제럴드에게는 결점이 없었다. 자기중심적이었을 뿐이다. 그는 자신의 작품에 그랬던 만큼 자신의 삶에 열중했다. 자신의 주인공들에게 그랬던 만큼 자신의 가까운 사람들에게 민감했다. 그는 명예가 행복의 눈부신 상복喪服이길 원치 않았으며, 다만 행복의 반향이길 원했던 것이다.***

사람들은 남의 삶에 대해 이러쿵저러쿵 말들이 많습니다. 그래봐야 자신이 살아보지 못한 삶일 뿐인데요. 피츠제럴드를 위한 변명이기도, 삶에 대한 자기 확신이기도 한 당신의 문장! 당신의 '미친 재능'을 좀 보세요. "명예가 행복의 눈부신 상복이길 원치 않았으며, 다만 행복의 반향이길" 원했다니! 성공이나 명예, 이런 건 당신이 열렬히 추구해본 적 없는 거지요. 아이러니하게도 그것들이 당신을 종종 쫓아다녔지만요.

당신은 훌륭하지 않았어요. 세상엔 훌륭한 것들이 끝도 없이 나오고, 그게 얼마나 피곤한지 당신만이 아실 이. 한국의 옛 시인 중 김영랑이 쓴 이런 시구가 있어요.

내 마음을 아실 이

내 혼자 마음을 날같이 아실 이.

소리 내보면 불어만큼, 아름답답니다. 내 마음을 아실 이, 사강.

싸 바 Ça va!

* 프랑수아즈 사강, 『봉주르 뉴욕』, 김보경 옮김, 학고재, 2015.
** 마리 도미니크 르리에브르, 『사강 탐구하기』, 최정수 옮김, 소담출판사, 2012.
*** 프랑수아즈 사강, 『리틀 블랙 드레스』, 김보경 옮김, 열화당, 2019.

저는 당신을 느낍니다.

당신이 쓴 시를 읽으며 눈물을 흘립니다.

당신을 '느끼기' 때문이지요.

느낀다는 것은 이해보다 생각보다

당신에게 중요한 것, 앞선 것이었지요.

니진스키, 진짜 재능은 자신을 느끼는 거예요.

자기 안의 사랑을요!

Вацлав Фомич Нижинский

(1889~1950)

To. 바츨라프 니진스키

진짜 재능은
자신을 느끼는 거예요

언어가 가진 슬픔은 아무리 노력해도 조금의 '선부름'이 개입한다는 것이다. 무용수에 대해 노래하려 애썼지만 표현에 한계를 느끼고 만다. 미숙한 내 언어만으로는 무용수를 제대로 표현하기 어렵다. 발레리나의 춤을 한 번 보는 것만 못하다. *

이건 제 문장입니다.

나는 운문으로 조금 쓰고 싶었다. 하지만 나의 생각은 도처에 있다. 나는 나의 산책에 대해 쓰고 싶다. 나의 산책은 계속되었다. **

이건 당신의 문장입니다.

춤추는 당신은 생각을 운문으로 표현하려 하고, 문장을 쓰는 저는 글이 조금이라도 춤에 가닿길 원하네요. 20대에 발레의 역사를 새로 쓴 당신은 춤추지 않는 시간 동안 글을 썼지요. 총 세 권으로 된 당신의 일기는 놀랍습니다. 문학적 텍스트로 손색이 없는 글입니다. 상황을 바라보는 시선, 담백하고 진솔한 문장, 언어로 이룬 독특한 리듬감! 저는 당신의 글에서 '미치도록 간절한 무엇'이 내면에서 휘몰아치고 있음을 느낍니다. 춤추고 싶은 마음, 살고 싶은 마음, 세상을 사랑하는 마음을요. 사람들은 당신이 미쳤다고 간주했지요. 끔찍한 치료를 받게 하거나 자유를 통제하려 했어요. 하지만 당신의 글을 읽으면서 깨달았습니다. 당신은 미친 게 아니라, 평범한 사람들이 감히 상상하지 못하는 '미친 열정'을 가졌을 뿐이지요.

> 나는 울고 싶은데 신은 내게 쓰라고 명령한다. 그는 내가 아무것도 하지 않는 걸 바라지 않는다. 아내는 울고 또 운다. 나 역시 운다.**

신은 당신이 아무것도 하지 않는 걸 바라지 않는다는, 당신이 느끼는 이 '소명'에서 재능을 봅니다. 누군가 예술에서 재능이란 무엇을 말하는지 묻는다면 이렇게 대답하겠어요. 재능이란 '스스로 좋아하고, 한결같이 지속해, 누구보다 실력을 쉽게(자연스럽게) 획득하는 것'이라고요. 이 세 가지 중 하나라도 부족하면 재능은 금세 사라지지요. 누군가 재능을 가졌다면 '재능을 잃을 위험'도 같이 갖는 거라고 생각합니다. 아마도 재능은 간직하는 게 더 어려운가봅니다. 당신의 동생 브로니슬라바 니진스키는 이렇게 말했습니다.

> 그는 무대를 온통 대각선으로 가로질러 날아다녔으며…… 위로 솟구쳐오를 땐 마치 파리처럼 바닥에서 날아올랐고, 바닥으로 떨어져내렸다가 다시 도약할 땐 흡사 공처럼 힘차게 솟구쳐올랐다.**

당신이 무대를 대각선으로 가로지르는 모습, 높이 비상하는 모습이 보이는 것 같습니다. 당신은 신체 조건이 좋은 무용수는 아니었어요. 작은 키에 짧은 팔과 다리를 가졌지만 일단 무대에 오르면 이런 건 아무 문제가 되지 않았지요. 사람들은 이미 당신의 춤사위에 압도되었으니까요. 당신은 "원하는 만큼 움직이지 않고 공중에 머물러"** 있을 수 있었다지요? 공중에 머무르는 것처럼 보이게 하는 그 착시, 흔들림 없이 새처럼 가벼이 착지할 수 있는 테크닉! 테크닉은 어디에서 오나요?

춤은 '선, 에너지, 절제'를 통해 완전해집니다. 선, 에너지, 절제는 테크닉을 통해 발현되지요. 근면하지 않은 천재는 없다고 벤야민이 말했던가요? 재능을 가진 모든 예술가는 자기 수양을 통해서만 테크닉을 기르지요. 제가 취미로 발레를 배우는데요(실력은 형편없어요). 발레 선생님의 조언 중 인상적인 말들이 기억나네요. 당신이 더 잘 아는 것들이겠지요.

—피케 턴을 돌 땐 돌려고 하지 말고 서 있으려고 해야 돌 수 있다.

—턴을 하고 착지할 땐 옆구리와 등을 브레이크 삼아, 힘을 줘야 넘어지지 않을 수 있다.

—어떤 동작을 하든 심지어 서 있을 때조차 배와 엉덩이, 등을 잡고 있는 힘(풀업)을 풀면 안 된다.

—상체는 힘이 전혀 안 들어간 듯 편안하게 보여야 한다. 그러나 이를 위해 필요한 건 힘!

제 동작은 여전히 미숙하지만, 선생님의 말을 조금씩 이해할 수 있게 되었습니다. 고수일수록 절제라는 벨트를 찬 채 에너지를 발산해야 한다는 얘기겠지요. 분출은 초보자가 하는 것, 고수는 절제를 통해서만 분출한다는 것. 몸을 통제 가능한 상태로 내가 이끌고

갈 수 있어야 하는 것. 턴 할 때, 돌려는 에너지와 서려는 에너지가 팽팽하게 균형을 이뤄야만 아름다운 동작이 나온다는 것. 시를 쓸 때 소리와 침묵이 균형을 이뤄야 아름다운 시가 되는 것처럼요.

니진스키. 남자 발레는 당신의 출연 이전과 이후로 나뉘게 되었습니다. 당신의 등장 이후, 발레리노는 발레리나를 돕는 역할에서 벗어나 무대의 주역이 될 수 있었다고 해요. 짧은 시간 동안 당신은 춤의 판도를 바꾸어놓았어요. 미치고 싶은 것과 진짜 미치는 것의 차이를 당신은 알고 있었죠. 그건 당신에게 축복이었나요, 저주였나요?

> 나는 너무나 많은 고통을 받은 단순한 사람이다. 그리스도도 내가 평생에 걸쳐 받은 고통보다 더 많은 고통을 받지는 않았다고 생각한다. 나는 삶을 사랑한다. 나는 살고 싶다.**

1919년 2월에 쓴 이 문장 기억하나요? 저는 당신을 느낍니다. 당신이 쓴 시를 읽으며 눈물을 흘립니다. 당신을 '느끼기' 때문이지요. 당신을 미쳤다고 생각하는 아내를 보며, 당신은 생각하지요. "그때 아내는 어느 누구보다 나를 사랑했지만, 나를 느끼지는 못했던 것"**이라고. 느낀다는 것은 이해보다 생각보다 당신에게 중요한 것, 앞선 것이었지요.

저는 당신의 춤을 보지 않고도 이미 압도당한 관객입니다. 당신을 느끼는 한 명의 사람입니다.

니진스키, 진짜 재능은 자신을 느끼는 거예요. 자기 안의 사랑을요!

나는 행복하다. 내가 사랑이므로.**

사랑에게, 또다른 사랑을 전합니다.

맞아요. 니진스키, 당신은 사랑입니다.

---

* 박연준,『소란』, 난다, 2020.
** 바슬라프 니진스키,『니진스키 영혼의 절규』, 이덕희 옮김, 푸른숲, 2002.

생각 이후 졸음이, 그리움 이후 잊음이,
'이후'에 일어나는 감정의 소용돌이는
묵직하게 휘몰아쳐 결국 '설움 이후'로 데려갑니다.
당신의 시들은 대개 그렇습니다.
수틀에 놓인 흐린 꽃밭 같아요.
면밀히 들여다보지 않으면 어떤 꽃이 있었지,
설핏 생각이 나다 말다 하지요.

金 素 月

(1902~1934)

To. 김소월

당신의 시가
당신의 것만이 아닌 일

소월, 아시겠지만 시는 시를 쓴 사람의 손을 떠나는 순간 시인의 것이 아니게 됩니다. 시는 시인에게서 벗어나려고 태어나죠. 아기가 모체에서 벗어나 새로운 존재가 되듯 깨끗한 결별. 시는 홀로 섭니다.

이미 오래전 당신의 시는 제 소유가 됐어요. 저뿐만이 아니라 한국의 수많은 사람이 당신의 시를 꽤 여러 편씩 소유하고 있지요. 등기만 안 했지 소유권이 작품을 향유하는 독자에게 넘어오는 일. 문학의 효용이라면 효용일까요. 소월, 당신의 시가 당신의 것만이 아닌 일. 시인으로서 이보다 좋은 일이 어디 있겠어요?

'이후'에 대해 생각합니다. 무언가 사건이 일어나고 그 다음으로 맞는 시간, 장소, 감정을 생각해요. 당신의 짧은 시, 「옛낮」을 읽어볼까요.

생각의 끝에는 졸음이 오고
그리움의 끝에는 잊음이 오나니,
그대여, 말을 말어라, 이후부터,
우리는 옛낯 없는 설움을 모르리.*

생각 이후 졸음이, 그리움 이후 잊음이, '이후'에 일어나는 감정의 소용돌이는 묵직하게 휘몰아쳐 결국 '설움 이후'로 데려갑니다. 당신의 시들은 대개 그렇습니다. 수틀에 놓인 흐린 꽃밭 같아요. 면밀히 들여다보지 않으면 어떤 꽃이 있었지, 설핏 생각이 나다 말다 하지요. 흑백의 눈부심 같아서 돌아서면 편히 잊게 되지만 잊음 이후에 별안간 살아납니다.

잊음 이후. 다 잊었나 싶을 때 문득 떠오르는 그리움. 그건 그리움의 부활입니다. 죽은 그리움이 자꾸 살아나니 갈대처럼 수런대는 감정의 파도 같은 거죠. 생동하는 그리움, 이후. 다시 그리움, 이후. 가령 이런 감정이죠.

그립다

말을 할까

하니 그리워

그냥 갈까

그래도

다시 더 한 번……

—「가는 길」 중에서*

김혜순 시인은 '잔상'이 시를 쓰게 한다고 했습니다. 어떤 일이 있은 후 눈앞에 어른거리는 감각, 이미지. '이후'지요. 그것은 상상을 불러옵니다. 환영이나 슬픔, 혼란을 불러오지요. 시인은 일어난 일 '이후'에 비로소, 잔상에 대해 책임지고 싶어하는 자일까요? 이유야 알 수 없지만 대체로 그렇다는 생각이 듭니다. 새가 지나간 자리, 나뭇잎이 떨어진 다음, 누군가와의 이별 너머, 죽은 사람이 사라진 공간을 상상하며 파헤칩니다. 손톱이 빠질 때까지. 힘든 줄도 고통스러운 줄도 모르고 하지요.

눈들이 비단안개 둘리울 때,

그때는 차마 잊지 못할 때러라.
만나서 울던 때도 그런 날이오,
그리워 미친 날도 그런 때러라.

눈들이 비단안개에 둘리울 때,
그때는 홀목숨은 못 살 때러라.
눈 풀리는 가지에 당치마귀로
젊은 계집 목매고 달릴 때러라.

눈들이 비단안개에 둘리울 때,
그때는 종달새 솟을 때러라.
들에랴, 바다에랴, 하늘에서랴,
아지 못할 무엇에 취할 때러라.

눈들이 비단안개에 둘리울 때,
그때는 차마 잊지 못할 때러라.
첫사랑 있던 때도 그런 날이오.
영이별 있던 날도 그런 때러라.

—「비단안개」 전문*

각 연의 첫 3음절이 저를 미치게 합니다. "눈들이", 하는 소리로 시작하는 것. 죽은 이들만 모여 사는 마을, 늦저녁에 울리는 종소리 같아요. 청아한데 어둑한 소리. 그곳에서 소리 내어 발음해보세요. '눈드리. 눈드리, 눈드리, 눈드리.'

총 네 번 반복되는 구절 "눈들이 비단안개에 둘리울 때", 이 시는 이 소리가 모든 것을 끌고 갑니다. 그게 다예요. 나뭇가지에 당치마귀(치마끈) 걸어 젊은 계집이 목을 맬 때, 당신이 누군가를 잊지 못해 눈이 내릴 때. 그 풍경과 감정을 끌고 갑니다.

당신은 쉽고 간단하게 사람을 떨어뜨리지요. 떨어질 때 느끼는 서늘한 감정, 바이킹을 타고 아래로 내려올 때의 기분, 그런 걸 느끼게 해요. 귀신 같은 사람. 일찍 마음을 보낸 사람. 「진달래꽃」만 보고서는 당신의 이 귀기어림을 알기 힘들겠죠. 모르는 게 나을까요?

시 공부를 하던 때입니다. 사는 게 컴컴한 동굴 지나는 것처럼 힘들다고, 늘 낯빛이 어둡던 여자애 둘이 있었지요. 하나는 제 후배 C고 다른 하나는 저예요. 시와 소설을 쓰고 합평하는 자리에서 우리가 써낸 글은 당신 시처럼 슬픔으로 가득했답니다. 둘이 이야기를 나누다 울기도 많이 울었어요. 우리를 둘러싼 슬픔이 징그럽기도 해, 우리는 '소월 클럽' 정식 회원이라며 농을 치기도 했어요. 소월 클럽이 어떤 클럽이냐고요? "한이 많은 글쟁이" 모임 같은 거예요. (부디, 기분 나쁘게 생각하지 마시길!) 자조적인 농담을 일삼으며 글을 쓰던 때였지요. 지금 그 친구는 글을 쓰고 있지 않지만, 결혼해 두 아이를 낳고 잘살고 있어요. 어쩌면 지금 저희는 소월 클럽에서 제명당할 위기에 처해 있지 않나 생각해봅니다. 둘 다 겉으로 보기엔 거의, 아니 겨우 괜찮아 보이거든요.

아시지요, 소월. 태어나면서부터 당신과 같은 부류에 속하는 이들이 있어요. 계속 태어나요.

수시로, 당신의 「추회追悔」란 시의 첫 행을 붙잡고 걸어요. 풀잎을 손에 쥔 듯 당신의 시 한 줄을 쥐고 걸어요.

> 나쁜 일까지도 생의 노력,*

저는 끝내 소월 클럽에 속해 있겠습니다. 충분히 좋거든요. 나쁜

일까지도 생의 노력이라면, 소월. 그런 생을 사랑하지 않을 도리가 있나요?

지금 한국 시인들, 특히 젊은 시인들, 당신의 빛나는 후예들은요. 아름다운 시를 펄펄 써내고 있습니다. 시가 저문다는 세상에서 누구보다 열렬히 좋아서 시를 씁니다. 시가 팔리지 않는 가치라는 건 상관하지 않아요. 당신의 후예들은 누구 하나 시로 무언가를 이룰 생각을 하지 않아요. 가난하고 다정한 눈빛으로 시를 쓸 뿐이에요.

그러니 그곳에서 당신이 우리를 돌보세요. 그게 일찍 간, 당신의 일이랍니다.

이후, 이쪽에서도 당신을 생각할게요.

오오, 나의 애인이었던 당신이여.

—「해가 산마루에 저물어도」 중에서*

* 김소월, 『진달래꽃』.

당신이 제게 그렇듯

죽은 사람은 영영 사라진 사람이 아니죠.

종종 그들의 이야기가 들려요.

그들이 우리를 돕죠.

그들과 때때로 대화를 나누기도 하고요.

저는 당신이 써놓은 이야기에 둘러싸여

시간을 보내는 걸 좋아합니다.

John Berger

(1926~2017)

To. 존 버거

매우 지적인 동시에 매우 따뜻한

일요일 오전, 좋아하는 카페 2층 자리에 앉았습니다. 아무도 없네요. 속치마처럼 얇은 커튼이 창문을 반 즈음 가린 풍경, 창밖으론 목련이 헤픈 웃음처럼 벌어져 있고요. 벌어진 목련은 누군가의 입속 같아서 골똘히 바라볼 수 없게 하지요. (당신이 어느 소설에서 사랑을 나누는 연인의 몸짓을 벌어진 튤립에 빗대 묘사한 대목이 생각나요. 정확해서 놀라운 묘사였어요. 정확함은 문학의 필수 조건이죠.) 가끔 골목으로 들어서는 사람이 보이고 피아졸라의 선율이 흘러요. 창가에 앉아 이 편지를 씁니다. 시작하기 어렵더군요. 오래 애정해온 이에게 새삼 편지를 쓰기에 이 공간은 너무 작다는 생각, 무슨 말을 하든 모자라리란 생각, 말을 늘어놓는 일이 부질없다는 생각…… 그저 죽은 당신이 잠깐 이리로 와 제 옆에 앉아, 고요한 카페 안 분위기를 같이 나눈다면 좋겠단 생각이 들었어요.

존, 지구에 작가가 몇 명이나 될 것 같아요? 이미 작가이면서 정체성을 의심하는 자도 있고, 정식 작가는 아니지만 매일 쓰는 삶을 살고 있는 이도 있을 테니 답하기 어렵겠죠. 제 생각에 의지를 갖고 지속적으로 무언가를 쓰는 사람은 모두 작가인 것 같아요. 각설하고, 저는 지구에 존재하는 모든 작가 중 당신을 가장 좋아한다는 말을 해야겠어요. 좀 감동적이지 않은가요? 당신이 머무는 곳이 잠시 환해지지 않았나요? 매우 지적인 동시에 매우 따뜻할 수 있는 사람은 제가 아는 한 당신이 유일해요.

편지를 쓰는 동안 당신이 곁에 있다고 상상해봅니다. 『여기, 우리가 만나는 곳』 서문에 당신이 이렇게 썼잖아요. "죽은 이들이 결코 우리 곁을 떠나지 않는다는 건 여러분도 나만큼—아니 어쩌면 더—잘 알고 계십니다. 그들이 하는 이야기를 귀기울여 듣는다면 망자들은 어떻게든 우리를 도와주려 합니다. 그리고 우리는 마땅히 귀를 기울여야 하죠. 그렇지 않은가요? (겉으로야 아닌 척하더라도 말이죠.)"* 단순히 '떠도는 영혼'으로서 죽은 이들을 말하는 게 아니란 걸 알아요. 당신이 제게 그렇듯 죽은 사람은 영영 사라진 사람이 아니죠. 종종 그들의 이야기가 들려요. 그들이 우리를 돕죠. 그들과 때때로 대화를 나누기도 하고요. 저는 당신이 써놓은 이야기에 둘러싸여 시간을 보내는 걸 좋아합니다. 당신은 시, 소설, 그림, 에세이, 미술평론, 사회평론 등 다양한 분야에서 활동했지만 스스로를 '이야기꾼'이라 칭하고, 그렇게 불리길 바란 사람이지요. 당신이 어떤 글을 쓰든 그건 그저 '이야기'예요. 어렵고 까다로운 이야기를 쓸 때조차 당신은 그저 이야기하는 사람이죠. 이쪽을 향해 이야기를 내미는 사람. 말로 건너오려는 사람. 목소리와 어조를 얼굴로 삼으면서요.

> 이야기에는 두 가지 범주가 있다. 보이지 않는 것과 숨은 것을 다루는 이야기와, 드러난 것을 노출시키고 보여주는 이야기. 나는 그 둘을—나만의 특별하고 물리적인 의미로—내향적 범주와 외향적 범주라고 부른다. 둘 중 오늘날 세계에서 벌어지고 있는 일을 좀더 예리하게 다룰 수 있는 범주는 어느 쪽일까? 나는 첫번째라고 믿는다. **

당신이 나누어놓은 이야기의 범주에서 저는 어느 쪽 작가인가를 생각해보았어요. 맞아요. 저는 확실히 "보이지 않는 것과 숨은 것을 다루는 이야기"를 쓰는 사람이에요. 당신이 언젠가 이런 말을 한 적 있잖아요? 당신은 말해지지 않으면 끝내 드러나지 않을 위험이 있는 이야기, 보이지 않는 '틈'에 관해 쓰는 작가라고요. 그러니까 보려고 애쓰지 않으면 볼 수 없는 것, 그늘처럼 어두운 것, 가려져 있는 것, 빛과 빛 사이에 고인 어둠 같은 것을 당신은 보는 사람인 거죠. 당신의 글엔 자본주의 잣대에서 약자로 불리는 사람들이 주로 등장해요. 이민자, 노인, 동물, 여성, 가난하고 순박한 자, 예술가 들이요.

존, 어떤 작가가 되느냐는 무엇을 겨냥해보느냐에 의해 판가름 나는 걸까요? 어디에 시선을 두고, 어떻게 그리는지가 중요하겠죠? 당신은 이야기에 그림을 불러오고, 시를 걷게 하고, 손가락으로 풍경을 더듬듯 묘사하죠. 느리고 꼼꼼하게. 마치 손에 눈이 달려 있다는 듯이. 당신은 몸으로 듣고 손으로 보는 사람 같아요. 그때 저는 당신의 글에서 사랑을 느낍니다. 대상을 향한 사랑, 보이는 것만 보는 자와는 다른 투시력, 안과 뒤를 주시하는 시선, 낮고 정확한 목소리, 말과 침묵 사이 아슬아슬한 균형. 때문에 당신이 쓴 소설은 빨리 읽을 수가 없어요. 누군가는 밀도를 견디지 못하고 튕겨져 나올 수도 있겠죠. 작품에서 서술자가 이야기의 주도자가 아니기 때문이에요. 당신은 바닥의 풀 한 포기처럼, 풀의 입장에서 풍경을 그려요. 주장하지 않지요. 밖에서 안으로 찬찬히 시선을 옮길 뿐이에요. 어느 곳에선 너무 느리고, 어느 곳에선 아예 움직이지 않아요. 반복도 자주 사용하죠. 저는 당신이 한 번 쓴 문장을 뒤에서 다시 쓸 때 좋아요. 당신이 같은 작품에서 여러 번 사용한 문장을 볼까요?

> 우리 같은 드로잉을 하는 사람들은, 관찰된 무언가를 다른 이에게 보여주기 위해서가 아니라, 보이지 않는 무언가가 계산할 수 없는 목적지에 이를 때까지 그것과 동행하기 위해 그림을 그린다. **

당신도 분명히 그럴 때가 있으리라 생각하는데, 작가도 쓰기 싫을 때가 있잖아요. 한마디도 하고 싶지 않을 때. 너무 많은 말을 해온 것 같아 거북할 때, 혹은 피로할 때. 제 경우 시를 쓰고 싶은데 산문을 써야 할 때가 있고, 몸이 산만한데 정신을 붙들고 억지로 글을 써야 할 때가 있어요. 우리는 아마추어가 아니니까 그럴 때도 그냥 쓰죠. 닥치고 써요. 약속이 되어 있으니까요. 그럴 때 저는 위의 문장을 여러 번 읽고 시작해요. 규칙처럼. 드로잉할 때 당신의 마음과 자세를 빌려와요. 관찰된 무언가를 있는 그대로 보여주는 것은 카메라가 잘하겠죠. 그보다 정확할 수 없으니까요. 그러나 존, 당신의 말처럼 창작자는 관찰된 무언가를 그대로 보여주기 위해서가 아니라 "보이지 않는 무언가가 계산할 수 없는 목적지에 이를 때까지 그것과 동행하기 위해" 움직이는 자예요. 만약 제가 놀이터에서 놀고 있는 엄마와 아이에 대해 써야 한다면 저는 두 사람을 둘러싼, 보이지 않는 무언가를 보려고 애쓸 거예요. 그게 무엇인지도 모르면서, 더듬더듬 만져보며, 목적지(글의 완성)에 다다를 때까지 "동행"할 거예요. 작가는 자기가 전하는 이야기와 끝까지 동행하는 자여야겠죠. 당신의 말대로 이야기꾼은 "듣는 사람"이어야 하고요.

세상에서 제가 어떤 위치에 서야 할지 모를 때가 있어요. 아니, 모른다는 건 솔직하지 못하네요. 두려울 때가 있다고 정정할게요. 그때 당신이라면 뭐라고 말해줄까 상상해요. 그리고 용기를 내죠. 당신이 한국 독자를 위해 그린 파슬리 그림을 자주 들여다봐요. 저는 당신이 제 가장 친한 친구라고 느껴요. 부디 제가 무언가를 쓸 때 곁에 머물러주세요. 지금처럼요.

마음 깊은 곳에서 사랑을 전합니다.

안녕.

* 존 버거, 『여기, 우리가 만나는 곳』, 강수정 옮김, 열화당, 2006.
** 존 버거, 『벤투의 스케치북』, 김현우 · 진태원 옮김, 열화당, 2012.

저는 인간의 존엄성은

'스스로 온전할 수 있는 힘'에서 나온다고 생각합니다.

누구의 도움도 필요 없는 오만한 온전함이 아니라,

스스로 자기인 상태를 기꺼워하는 온전함 말이지요.

오랫동안 여성에게 허락되지 않은 온전함입니다.

Adeline Virginia Woolf

(1882~1941)

To. 버지니아 울프

자기 삶을 스스로 세우는 것, 당신이 가르쳐준 거예요

버지니아, 당신은 1882년에 런던에서 태어났어요. 그로부터 약 백 년 후 1980년, 서울에서 제가 태어났습니다. 우리 사이엔 백 년이라는 시간이 흐르고 있네요. 짧고도 긴 시간입니다. 글을 쓰는 선배이자 따르고 싶은 투사의 이미지로 당신을 생각하게 된 건 제가 쓰는 사람이 되고 나서부터입니다. 저 자신은 '쓰는 사람'이라는 정체성을 가지고 작가로 데뷔했는데, 세상은 저를 '글을 쓰는, 젊은, 여자'로 구분해 바라보더군요. 지금은 좀 달라졌을지 모르겠지만 2000년대엔 제 이름 앞에 꼭 '젊은 여성 시인'이란 수식이 붙었어요. 우스운 건 누구도 '늙은 여성 시인'이나 '젊은 남성 시인'을 구분해 부르지 않는다는 거죠. 여성이 젊다면, 그러니까 젊은 여성이 전문적인 일에 뛰어들어 이름을 알리려 하면 세상은 꼭 딴지를 걸고 싶어했어요.

인간의 기본값을 남성으로 상정해놓은, 남성에 의해 만들어진 관습 때문이었을까요? 영국 역사는 영국 남성의 역사라고 한 당신 말처럼 이 시대의 관습은 남성의 관습이라고 말할 수도 있겠지요.

버지니아. 여성이 남성보다 자신과 자주 불화한다면, 자신을 사랑하는 데 오랜 시간이 걸린다면 무엇 때문일까요? 존 버거의 문장을 빌려볼게요.

> 한 여자가 자기 스스로의 존재에 대해 갖는 생각은 이렇게 타인에게 평가받는 자기라는 감정으로 대체된다. (……) 모든 여자들은 자신의 모습에서 어떤 것이 허용되고 어떤 것이 허용되지 않는지를 결정하는 규제의 지배를 받는다.*

'보이는 대상'으로 전락한, 폭력적인 시선에 노출된 여성들을 논하는 존 버거의 글을 읽으며 당신이 쓴 『집안의 천사 죽이기』를 떠올렸습니다. 이 책은 제목만으로도 저를 얼어붙게 한 책입니다. 무언가 생산적인 일을 수행하려고 할 때 우리 앞에 나타나 시시콜콜 참견하는 집안의 천사, 사람들을 배려하고 주변을 살피며 친절해지라고 요구하는 천사. 이 천사는 크기가 작든 크든 대체로 여자가 사는 집이라면 존재한다고 생각해요. 제 천사의 크기는 다행히 거대하진 않지만 분명히 존재하긴 합니다. 어릴 때 받은 교육에 의해서, 착하고 순하게 자라길 바라는 어른들에 의해 제게 '할당'된 천사지요. 자기 몫을 채우려고 존재하는 천사죠. 당신 말대로라면 "체질적으로 자기 자신의 정신이나 소망을 갖기보다 언제나 다른 사람들의 정신과 소망에 공감하기를 좋아"**하는, 아니, 좋아하도록 교육받은 천사 말입니다. 그 천사는 때때로 제 앞에 와 자신이 곧 '나'라고 우깁니다.

> 나는 그녀 쪽을 향해 몸을 돌려 목덜미를 잡았습니다. 그리고 최선을 다해 그녀를 죽였습니다. 만약 내가 고소당해서 법정에 서게 된다면 나는 정당방위였다고 변명할 겁니다. 내가 그녀를 죽이지 않았다면 그녀가 나를 죽였을 테니까요. 그녀는 나의 글에서 핵심을 빼앗아갔을 것입니다. 왜냐하면 나는 종이에 글을 쓰기 시작하자마자 깨달은 게 있기 때문입니다. 자신의 정신이 없으면, 또 인간관계나 도덕과 성性에 대한 진실을 표현하지 않고서는, 한 권의 소설조차 비평할 수 없다는 것을 깨달았던 것입니다.**

당신은 살아나 기어오르는 천사에게 잉크병을 던지고 다시 죽이기를 반복하며 글을 썼지요. 천사의 존재가 지니는 "허구적인 특성"** 때문에 완전히 죽이기 어렵다고 했습니다. 저는 당신 글을 읽으며 때때로 제 안에서 일어나는 내적 싸움, 21세기를 살아가는 여성들이 (여전히) 하고 있는 천사와의 싸움에 대해 생각했습니다.

버지니아, 당신은 백 년 전에 아주 중요한 이야기를 꺼냈습니다. 여성이 온전할 수 있으려면 혼자 있을 수 있는 "자기만의 방"과 시간과 돈이 있어야 한다는 이야기 말입니다. 저는 인간의 존엄성은 '스스로 온전할 수 있는 힘'에서 나온다고 생각합니다. 누구의 도움도 필요 없는 오만한 온전함이 아니라 스스로 자기인 상태를 기꺼워하는 온전함 말이지요. 오랫동안 여성에게 허락되지 않은 온전함입니다. 여성을 혼자로 두는 것을 두려워하고 용납하지 않는 가부장적인 사회에서 여성들은 누군가의 딸, 누군가의 아내, 누군가의 어머니로 늙어가는 일이 흔했으니까요. 스스로 온전할 수 있는 힘은 당신이 말한 '자기만의 방'에서 나온다고 믿습니다. 자신으로 오롯할 수 있는 시간, 공간, 여건. 이건 아주 중요한 문제입니다.

특히 돈에 대한 이야기(연간 5백 파운드의 돈을 가져야 한다는 말)

를 이토록 솔직히 꺼내고, 강조해주어 고맙습니다. 저는 언젠가부터 부를 가진 남자의 아내로만 머무르는 일, 그것을 부러워하는 시선을 경멸하게 되었습니다. 부와 권력을 가진 자 곁에서 2차적 이익을 얻으려는 자의 속물성에 대한 경멸이 아닙니다. 그보다 그런 인생의 비루함과 위험성 때문입니다. 스스로 이루지 않은 부와 명예란 언제라도 무너질 수 있으니까요. 관계가 틀어지는 순간, 매력이 사라지는 순간, 시간이 권태라는 옷을 입는 순간 사라지지요. 내 것이 아닌 것, 그것은 내 것이 아닌 거예요. 스스로 온전해지려면 누군가에게 기대면 안 됩니다. 자기 삶을 스스로 세우는 것, 그게 어른이 되는 일이고 존엄을 지키는 일이라고 생각해요. 저는 일하고, 노력하고, 돈을 벌려고 애씁니다. 당신이 가르쳐준 거예요.

지금은 2020년, 대한민국 서울에서 당신의 예언을 떠올려봅니다.

> 예언을 해보자면 여성들은 앞으로 더 적은 수의 소설을 쓰되 더 훌륭한 소설을 쓸 것이다. 나아가 소설뿐만 아니라 시와 비평, 역사도 쓸 것이다. 하지만 분명히 바로 여기서 우리는 여성들한테 그토록 오랫동안 거부되었던 여가와 돈과 자기만의 방을 여성들이 가질 저 황금시대, 아마 저 전설적인 시대를 바라보는 셈이다.**

1929년 3월 『포럼』에 실린 글로, 당신이 곧 발표하게 될 『자기만의 방』의 전신인 「여성과 소설」 중 일부입니다. 당신의 예언은 적중했어요. 너무나 많은 여성들이 훌륭한 소설, 시와 비평을 쓰고 있습니다. 해결해야 할 문제가 아직 많지만 당신의 예언은 맞았어요.

시인 메리 올리버는 이렇게 말했어요. 버지니아 울프가 쓴 모든 글은 그가 여성이라서 쓰인 게 아니라 그가 버지니아 울프이기에 쓰인 거라고요. 동의해요. 당신의 뛰어남은 '당신의 존재함' "생각하는 것이 나의 싸움이다"라고 정의하는 당신 삶의 태도에서 기인합니다.

등뒤에 당신이 있기에,
지금을 사는 우리는 큰 용기를 얻습니다.

---

* 존 버거, 『다른 방식으로 보기』, 최민 옮김, 열화당, 2019.
** 버지니아 울프, 『집안의 천사 죽이기』, 태혜숙 옮김, 두레, 1996.

그리는 사람이 대상을 대상화하지 않고

있는 그대로 보는 능력은 드물고 귀한 능력입니다.

그 어떤 순간에든 대상을

있는 그대로 사랑할 수 있었던 당신의 능력.

당신의 솔직함과 열렬함을 세상은 두려워했어요.

불편해했지요.

그게 당신을 외롭게 했을까요?

Vincent van Gogh

(1853~1890)

To. 빈센트 반 고흐

당신은 누구보다 슬픔에 대해 잘 아는 사람입니다

빈센트.

밤입니다. 스탠드의 작은 불빛에 의지해, 혼자 와인을 홀짝이고 있자니 슬픔에 대해 얘기하고 싶네요. 아침부터 손에 쥔 책은 하필 롤랑 바르트의 『애도 일기』였습니다. 바르트가 어머니를 잃고 슬픈 심정을 표현한 짧은 글들로 이루어진 책입니다. 얇지만 무거운 책이지요. 수시로 이 책의 아무데나 펼쳐 옛 그림을 보듯 들여다보곤 합니다. 제겐 그림처럼, 바라보는 책이 있지요. 누구라도 이 책을 몇 페이지 이상 읽다보면 내면에 슬픔이 그득 고이는 걸 느끼게 될 거예요. 살다보면 슬픔은 거추장스러운 감정으로 취급되어, 무시하거나 극복해야 할 가벼운 병 정도로 다뤄지기도 하잖아요? 그렇지만 빈센트. 당신도 알다시피 창작하는 이에게 적당한 슬픔은 질 좋은 원료라서 시를 쓰게도, 노래를 짓거나 그림을 그리게도, 춤을 추고 싶게 만들기도 하지요. 슬픔이 그득 찬 눈빛이 되고 나면 내면은 단순해집니다. 하나로 응집되지요. 슬픔은 힘이 세고 무엇도 슬픔을 쉽게 이길 수 없으니까요.

저는 당신의 작품 〈슬픔Sorrow〉과 〈영원의 문〉을 특히 좋아합니다. 하나는 무릎에 얼굴을 묻은 여성의 누드이고, 다른 하나는 두 손에 얼굴을 묻고 의자에 앉아 있는 노인을 그린 그림입니다. 보고 있으면 슬픔은 몸에 내려앉는 것, 그중 얼굴에, 그중 두 눈에 더 무겁게 내려앉는 거라는 확신이 들어요. 슬픔에 빠진 자는 웅크리게 됩니다. 얼굴을 어딘가에 묻고 흐느끼게 되지요. 고개를 높이 드는 자세, 그것은 보여줄 게 있는 자가 지니는 거예요. 내부의 빛, 상승하는 기운을 보여주고 싶은 자의 태도겠지요. 반면 슬픔에 빠진 자는 웅덩이에 빠진 자와 같습니다. 내부에서 온갖 것들이 우수수수 빠져나가는데, 흘러내리는 것을 속수무책으로 놓치고 있을 수밖에 없는 사람. 얼굴을, 눈빛을, 영혼을 가릴 수밖에 없는 사람이지요. 당신은 누구보다 슬픔에 대해 잘 아는 사람입니다. 얼굴에서 빛을 거두는 자의 영혼을 잘 담아내는 화가였어요. 그렇지 않나요?

늙고 가난한 사람들이 얼마나 아름다운지, 그들을 묘사하기에 적합한 말을 찾을 수가 없다.*

늙고 가난한 사람들. 그들의 아름다움. 쓸쓸한 빛, 가난한 미래! 당신은 동생 테오에게 쓴 편지에서 말하지요. 세상에는 "더 많은 것을 원하면서 모든 것을 잃는 자들"*이 있기 마련이라고요. 당신 역시 많은 것을 원하면서 모든 것을 잃는 자 중 하나였어요. 그렇지 않나요? 저는 당신이 '잃는 자'이기에 마음이 갑니다. 텅 빈 호주머니로 터덜터덜 저녁거리를 걷는 사람이라서요. 애초에 야망이 없던 자가 아니라 열망으로 넘치던 아침과 오후를 보내고 난 뒤 텅 빈 항아리가 되는 사람이요. 저는 당신이 쓴 이 문장을 사랑했습니다.

내가 정말로 하고 싶은 것, 그리고 할 수 있다는 느낌이 드는 것은 황야의 오솔길에 서 있는 아버지를 그리는 일이다.*

빈센트. 당신만큼은 아니겠지만 20대 때 제 내면 역시 꽤나 어두웠어요. 얼굴에 늘 그늘 한두 겹을 드리우고 지냈던 것 같습니다. '나이가 미모'라고 하던 시절을 어두한 방에서 고통에 가득찬 시나 쓰며 보냈지요. 그때 제 방 책장 한 면을 빼곡하게 차지한 시집들이 있었는데요. 그 시집들 사이에 시집이 아닌 책이 딱 한 권 유일하게 꽂혀 있었지요. 시를 숭배하다시피 여기던 시절이기에 시집들 사이에 자리한 '시집 아닌 책 한 권'은 대단히 특별한 대우를 받은 셈이었지요. 그 특별한 책은 바로 당신의 서간문이 담긴 『반 고흐, 영혼의 편지』랍니다. 줄을 긋고, 반복해서 읽고, 울고 공감하고 매달리며…… 저는 당신의 정신을 사랑했어요. 위대한 정신이죠. 제가 좋아한 건 당신 인생의 극적인 부분도, 유명세나 특별한 이력 따위가 아니었습니다. 오로지 정신, 태도, 성실, 노력, 그림에 대한 미친 열정을 좋아했습니다. 저는 이런 문장을 기도하듯 읽었습니다.

—예술은 질투가 심하다. 가벼운 병 따위에 밀려 두번째 자리를 차지하게 되는 건 좋아하지 않는다. 이제부터 예술의 비위를 맞추겠다.

—훌륭하고 유용한 일을 해내려는 사람은 대중의 승인이나 평가를 기대하거나 추구해서는 안 되며, 열정적인 가슴을 가진 몇 안 되는 사람들의 공감과 동참만을 기대해야 한다는 것이다.

—진정한 화가는 캔버스를 두려워하지 않는다. 오히려 캔버스가 그를 두려워한다.

—아무런 예술적 편견 없이 마치 구두를 만드는 것처럼 그림을

그런다면, 항상 그림을 잘 그리지는 못하겠지만 기대하지도 않았던 때에 뜻밖의 성과를 거두게 될 거라고 생각한다.*

당신의 문장은 제게 고스란히 이양되었습니다. 그림에 대한 당신의 열정과 자세를 제가 글 쓸 때 가져야 할 태도라고 믿었습니다. 아마 당신의 글을 지금 나이에 읽었다면, 그때만큼 강렬하게 받아들이지 못했을 수도 있어요. 그러나 20대엔 불붙은 나무 곁을 지나는 바람처럼, 제게 당신이 강렬하게 불어왔지요. '빈센트'란 제목으로 시를 쓰기도 했어요.

미쳐 죽게 해주세요
날뛰다가 모가지가 뒤틀려
죽음이 꾸역꾸역 밀려오게 해주세요
온몸 구석구석에서 펌프처럼
피의 줄기가 터져나오게,
내 모든 시간과 기록이 소진되도록
하염없이 죄를 지으며,
죄에 깔려 죽을지라도
뱀을, 보내주세요**

이렇게 시작하는 시예요. 그땐 대체로 위독했어요.

빈센트. 존 버거가 당신을 위해 쓴 미술평이 있는데, 당신에게 꼭 들려주고 싶어요. 그는 당신의 드로잉이 "일종의 글쓰기를 닮았다"***고 했지요.

유럽의 화가들 중에 일상적인 대상을, 어떤 식으로든 그 대상이 상징하고 있는 혹은 봉사하고 있는 이상의 단계로 격상시키지 않고, 그러한 구원에 대한 언급 없이 날것 그대로 존경해준 화가는 없었다. (……) 의자는 의자일 뿐, 왕좌가 아니었다. 부츠는 신고 다니면서 낡은 부츠였다. 해바라기는 식물이지, 별자리가 아니었다. 우체부는 편지를 배달한다. 붓꽃은 언젠가 시들 것이다. 그리고 그런 벌거벗은 상태, 그의 동시대인들이 순진함 혹은 광기라고 불렀던 그 상태에서 자신이 눈앞에 보고 있는 대상을 갑자기, 그 어떤 순간에든, 사랑할 수 있는 능력이 나왔다. ***

그리는 사람이 대상을 대상화하지 않고 있는 그대로 보는 능력은 드물고 귀한 능력입니다. 판단하지 않고 그 존재가 되기. 상상하거나 넘겨짚지 않고 그 존재가 되기. 동정하지 않고 그 존재가 되기. 우상화하지 않고 그 존재가 되기! 빈센트, 이것은 실로 엄청난 능력이에요.

그 어떤 순간에든 대상을 있는 그대로 사랑할 수 있는 능력. 당신의 "압도적인 감정이입"***, 생각이나 이념을 섣불리 드로잉에 데려오지 않는 자세. 당신의 솔직함과 열렬함을 세상은 두려워했어요. 불편해했지요. 그게 당신을 외롭게 했을까요?

당신이 죽고 130년이 지난 지금, 당신은 세계에서 가장 유명한 화가가 되어 있습니다. 이 사실이 당신을 기쁘게 할 거라 생각하진 않아요. 당신은 돌아서서, 그런 건 중요한 게 아니라고 말할지도 모르죠. 중요한 건 "온 힘을 다해 그림을 그릴 수 있게 내버려"*두는 일이라고 할지도 모르겠습니다.

당신 영혼에 깊은 경의와 사랑을 보냅니다.

당신은 밤낮으로 빛나는 별, 이미 성자가 된 화가입니다.

* 빈센트 반 고흐, 『반 고흐, 영혼의 편지』, 신성림 옮기고 엮음, 위즈덤하우스, 2008.
** 박연준, 『아버지는 나를 처제, 하고 불렀다』, 문학동네, 2012.
*** 존 버거, 『초상들』, 김현우 옮김, 열화당, 2019.

알바, 당신이 가르쳐준 것 같아요.

멋이란 자연스럽고 견고하고 건강한 상태를 뜻한다는 사실이요.

무겁고 튼튼한 문, 문의 손잡이,

천장에서 빛이 들어오도록 설계한 창문,

심플한 선을 강조한 테이블과 의자, 은은한 조명들,

무엇도 튀지 않고 조화로워

아름다움을 끌어올린 인테리어까지.

Alvar Aalto

(1898~1976)

To. 알바 알토

제게 '멋지다'란 단어는 당신 이름과 동의어랍니다

당신을 알게 된 건 몇 해 전 헬싱키로 여름휴가를 떠나기로 했을 때입니다. 왜 하필 헬싱키였을까요? 헬싱키에 대해 아는 거라곤 토베 얀손의 무민 캐릭터, 노키아 브랜드, 디자인 강국이라는 점, 겨울 추위가 혹독하다는 점 정도였는데 말예요. 어쩌면 제가 좋아하는 영화 〈카모메 식당〉의 배경이 된 도시이고, 무라카미 하루키의 소설에 나온 적이 있다는 점이 제 무의식을 자극했는지도 모르겠어요. 2016년 여름, 남편에게 헬싱키에 가고 싶다고 했습니다. 그도 흔쾌히 동의했지요.

저희는 한 해에 한 번, 대개 여름에 외국 여행을 하는데요. 한 번에 여러 나라를 둘러본 적도 있지만 저희 여행 스타일과는 맞지 않았어요. 둘 다 도시 하나를 선택해, 그곳에서 여러 날을 머무는 걸 좋아합니다. 시드니에서 한 달, 베를린에서 보름, 오키나와에서 나흘, 헬싱키에서 여드레. 이런 식으로 한 도시에 머물며 그곳을 온전히 느껴보는 일이 좋더라고요. 이왕 먼 곳에 갔으니 여기저기 다니는 게 좋지 않느냐 생각할 수도 있겠지만 그보다는 첫날의 생경함, 사흘 뒤의 새로운 느낌, 며칠 더 지난 뒤 차츰 도시에 익숙해지는 경험이 좋습니다. 낯선 곳에 도착해, 비로소 일상을 누릴 수 있을 것 같다고 느낄 때 즈음 떠나는 일! 기분이 묘하거든요. 집으로 돌아오면 그리움이 마침표처럼 따라붙어요. 모른 채로 익숙해져버린 곳을 향해 정을 품을 수 있거든요. 향수를 더해주는 건 여행지에서 좋았던 장소와 분위기가 담긴 사진, 가져온 물건 등이죠.

알바. 좋았던 여행지가 많지만 제가 가장 사랑한 도시는 헬싱키랍니다. 헬싱키에선 나쁜 기억이 하나도 없었어요. 바다를 끼고 있는 도시를 워낙 좋아하기도 하지만 그곳 특유의 자연 환경, 느리게 흐르는 듯한 시간과 오가는 사람들의 편안한 표정, 튼튼한 물건을 파는 상점들, 도시를 둘러싼 미적 감각(좀 놀라운 데가 있었어요!), 매일 광장에서 열리는 플리마켓, 나무들, 호수, 그리고 당신이 설계한 아카데미아 서점까지! 모든 게 좋았습니다. 헬싱키에서 저희는 매일, 아주 오랫동안 걷고 또 걸었습니다. 성당 앞을 지나고, 트램을 타는 사람들을 구경하고, 바다를 봤어요. 저희는 특히 아카데미아 서점을 좋아했습니다. 아침저녁으로 그곳에 갔습니다. 당신이 설계한 서점, 조명과 가구까지 꼼꼼히 신경써서 만들었다는 그곳에 머물며 깨달았지요.

헬싱키에서 나는 '멋'에 대해 진지하게 생각해봤다. 멋이란 자연스럽고 견고하고 건강한 것이다. 자신이 자신임을 좋아하는 것, 자기다움으로 충만한 것! 타자의 시선에 얽매이지 않고 자유로울 때, 멋 내지 않을 때 멋이 난다. 그곳에서 나는 난생처음으로, 내 안에도 '자연스러운 당당함'이 있음을 느꼈다. 움츠려 있던 자아가 제대로 숨을 쉬었다. 아마도 타인의 시선이라는 통제 아래 있던, 보이지 않는 사슬이 풀어진 것이리라. 그때 나는 스스로 멋있는 사람이라고 느꼈다(왜 헬싱키에서 유독 그랬는지, 모르겠다). *

지금 생각해보니 알바, 당신이 가르쳐준 것 같아요. 멋이란 자연스럽고 견고하고 건강한 상태를 뜻한다는 사실이요. 무겁고 튼튼한 문, 문의 손잡이, 천장에서 빛이 들어오도록 설계한 창문, 심플한 선을 강조한 테이블과 의자, 은은한 조명들, 무엇도 튀지 않고 조화로워 아름다움을 끌어올린 인테리어까지. 서점 2층에 자리한 '카페 알토'에 앉아 글을 쓰고 책을 읽다보면 몸과 마음이 제대로 포개지는 것을 느낄 수 있었어요. 단언컨대 저는 행복했습니다. 장식적이거나 화려함을 추구하지 않아도 오롯이 빛날 수 있다는 것, 물질은 물질 본연의 성질을 간직한 채 아름다울 권리가 있다는 것을 당신이 설계한 장소에서 깨달았어요. "아름다움은 기능과 형태의 균형이다"라고 한 당신의 말에 동의합니다. 기능과 형태, 둘 중 어느 쪽으로도 더 기울어지지 않은 상태를 유지하는 게 얼마나 어려운 일인지! 사람도 몸과 마음이 균형을 이룰 때 아름다워지는 거겠지요?

알바.

고양이처럼 강해지고 싶어요. 작고 튼튼한 집처럼 충만하고 싶어요. 말없이 그득해지고 싶어요. 그러려면 어떻게 해야 할까요? 저만의 작은 공간을 마련하고, 그곳에서 싹트는 고독을 새싹 기르듯 돌보며, 책을 읽고 안에서부터 차오르는 생각을 노트에 적고, 창문으로 저녁이 내려앉는 것을 바라보는 삶을 추구해야 할까요? 먼 곳에서 소식이 오면 기뻐하고, 보고 싶은 친구를 점심 식탁에 초대하고, 몸 어느 곳도 긴장하지 않은 채 잠드는 생활을 하면 될까요? 할 수 있을까요?

제가 상상 속에서 꿈꾸는 작업실 풍경이 있어요. 그곳엔 크지도 작지도 않은 나무 책상이 있습니다. 당신이 디자인한 단순하고 우아한 의자와 어울리는 책상이라면 더 좋겠지요. 책상 앞엔 커다란 창이 있고 창문 가득 나무들이 서 있는 풍경이 보여야 해요. 나무의 초록 너머로 멀리, 바다가 보인다면 정말 좋겠어요. 책상을 비추는 작은 스탠드 아래엔 글을 쓰기 위한 손목 두 개와 흰 노트, 그 옆엔 두 권의 책이 놓여 있어요. 한 권은 여러 번 읽어서 귀퉁이가 닳은 것, 한 권은 처음 읽는 새 책입니다. 벽 쪽으로 2인용 소파와 작은 테이블이 놓여 있고 맞은편 벽엔 책이 잘 정리되어 있는 책장이 있어요. 밝은 색 카펫 위에 고양이 한 마리가 앉아 있지요. 크지도, 작지도 않은 방. 너무 어둡지도 밝지도 않은 방. 상상 속에서 저는 이런 방을 꿈꾼답니다. 중요한 건 창문 안과 밖의 풍경. 창문 안과 밖을 나누는 사람의 풍경이겠지요.

세상의 모든 방은 내밀해요. 그렇지 않나요? 아주 내밀하죠. 옛 사람들은 모두 자기 방에서 태어나고 사랑하고 죽었다는데 나중에, 저도 집에서 죽었으면 좋겠어요. 제가 사랑하는 공간, 글을 쓰고 책을 읽고 슬퍼하고 기뻐하던 가장 내밀한 공간에서 끝을 맞이하면 좋겠어요. 그때 저를 둘러싸고 있는 공간이 아름답고 튼튼하기를.

남편은 다시 태어나면 건축가로 태어나고 싶대요. 여러 번 그렇게 말하는 걸 보니 진심인가봐요. 혹시 당신처럼 근사한 건축가가 될까요? 두고 봐야겠네요. 헬싱키를 한 번 더 가보고 싶은데, 그때는 당신이 살던 '알바 알토 하우스'를 꼭 가보겠습니다. 핀란드식 사우나도 해볼 거예요.

알바. 제게 '멋'이 무엇인지 가르쳐주셔서 감사해요. 제게 '멋지다'란 단어는 당신 이름과 동의어랍니다.

From. 박연준

---

* 박연준, 『인생은 이상하게 흐른다』, 달, 2019.

무언가에 맹렬한 사람,

한 치의 의심도 없이 길만 보고 가는 사람에겐

'바보 이반'에게서나 볼 수 있는 광채가 나오지요.

삿된 마음이 개입할 틈이 없는 사람.

순수해서 지독한 사람.

깨끗한 투신!

성자의 순진을요.

당신을 보며 생각합니다.

Franz Kafka

(1883~1924)

To. 프란츠 카프카

문학으로 이루어져 있는 당신에게

프란츠 카프카. 한 번 발음해보는 것만으로 충만해지는 이름! 문학을 아끼는 사람에게 당신 이름은 문학의 또다른 이름이나 마찬가지로 여겨집니다.

대학에 입학한 첫해, 전공 시간에 들었던 이야기를 기억합니다. 젊은 교수가 "20세기의 중요 작가 중 단 한 명을 꼽으라면 프란츠 카프카를 말할 수밖에 없다"고 했던 말을요. 기뻐하세요. 당신은 돌이킬 수 없이 중요한 작가가 되었습니다! 당신이 상상하지 못한 일인가요, 아니면 내심 기대하던 일인가요? 저는 후자일 가능성이 있다고 생각합니다. 죽기 전에 당신은 그동안 쓴 모든 원고를 불태워달라고, 친구 막스 브로트에게 부탁했다고 하지요. 문학 앞에서 보인 당신의 자세와 열정을 생각하면 그 말조차 문학을 표현하(려)는 다른 방식에 지나지 않았다는 생각이 듭니다.

당신은 평생 결혼 앞에서 망설였지요. (당신의 우유부단함과 결정 번복으로 고통받은 여성들에게 위로를!) 보험회사와 법률회사에서 일하는 내내 괴로워했습니다. 엄격했던 아버지와의 관계에서도 고통을 받았고요. 왜 그랬을까요? 당신을 평생 괴롭힌 건 단 한 가지였습니다. '문학에의 헌신'을 방해하거나 방해할지도 모르는 요인들. 당신은 문학에 모든 걸 내건 사람이었으니까요. 누군가 당신에게 문학에 관심이 있는지를 묻자 당신은 이렇게 대답했다고 하지요.

> 나는 문학에 관심이 있는 것이 아니라 문학으로 이루어져 있습니다. 나는 다른 그 어떤 것도 아니며 그럴 수도 없습니다.*

너무나 진지하고 단호한 대답이라 저는 웃음이 터질 것만 같았어요. 죄송합니다. 당신을 비웃을 마음은 추호도 없습니다. 오히려 깊이 감탄하고 있는걸요. 그 마음을 이해해요. 무지렁이 같은 저 또한 문학이 아니라면 무엇도 중요하지 않다고 생각했던 시절이 있었는걸요. 그 흔한 토익 시험 대비를 한 적도, 취직 시험을 준비해본 적도 없었네요. 저는 생활을 위한 '불안정한 경제활동'을 하는 시간을 제외하고는 남은 시간을 몽땅 시 쓰는 데 사용했어요. 돈을 벌 가능성이 없는 시 쓰기가 세상에서 가장 중요한 일이라고 생각했습니다. (지금도 시 쓰는 일의 가치를 가장 높이 두는 건 변함없어요!) 프란츠, 웃음이 터지려 한 건 순도 높은 당신의 진심 때문이에요. 무언가에 맹렬한 사람, 한 치의 의심도 없이 길만 보고 가는 사람에겐 '바보이반'에게서나 볼 수 있는 광채가 나오지요. 삿된 마음이 개입할 틈이 없는 사람. 순수해서 지독한 사람. 깨끗한 투신! 성자의 순진을요. 당신을 보며 생각합니다.

'어떤 일을 너무나 사랑해서, 실리를 따지거나 의심하지 않고 지속적으로 해나가는 것!'

이런 태도는 누구나 가질 수 있는 게 아닙니다. 꽤 어려운 일이지요. 마음에서 저울을, 사리사욕을, 올 수도 있는 다른 미래를 지우는 일이니까요.

당신만큼 대단한 작품을 써낼 수도 없겠지만, 저 또한 문학에 지금보다 맹렬했던 적 있어요. 그때 누군가 꿈에 부풀어 있는(허공에 떠 있는 거나 다름없죠!) 저를 불러세우고, 바늘 같은 것으로 찔러 터트렸다면 놀랐을 거예요. 어리둥절해졌겠지요. 프란츠. 지나친 사랑을 생각하면 좀 슬퍼집니다. 그 태도에 '지혜'가 결여될 위험이 있기 때문이지요. 당신 주변에 있던 사람들도 문학에 투신한 당신 때문에 곤란하고 피로한 적 많았을 거예요. 왜 안 그러겠어요? 당신은 늘 생각했겠죠. 나는 너무나 중요한 작업을 하고 있다, 내가 쓴 글은 태어날 당위가 있기에 태어나야 한다. 당신은 소설이 쓰이기 위해 존재하는 것이지, 읽히기 위해 존재하는 것이 아니라고 생각한 사람이니까요. 당신이 쓰는 모든 글은 존재하기 위해 태어나는 글이었어요. 그건 당신 자신과 문학을 둘러싼 다양한 환경을 넘어서는 일이지요. 어떤 글은 그렇게 태어나 고전이 됩니다.

세상에는 많은 사람이 있는데 어떤 사람들은 이야기를 만들고 시를 짓고 세상에 대한 자기 생각을 씁니다. 무엇이 우리를 쓰게 하나요? 정답이 있을 수 없는 질문을 해놓고 먼 데를 바라봅니다. 창가 나무들이 저마다의 푸름을 몸밖으로 한껏 밀어내고 있어요. 이파리들이 흔들립니다. 잎들은 날 수 없는 작은 새들 같죠. 이파리들이 부딪치면서 나는 소리는 나뭇잎 소리일까요, 바람소리일까요? 바보 같은 질문인가요? 저는 '바보 같은 질문'에서 문학이 태어난다고 생각해요.

당신은 세상에서 부조리한 일을 겪는 인물에 대해 주로 썼습니다. 스무 살 때 당신의 단편소설 「변신」을 재미있게 읽은 기억이 납니다. 그땐 당신에게서 문학적 스킬을 재빨리 훔쳐내 배우고 싶었습니다. 벌레가 된 인물을 어떻게 묘사하는지, 말도 안 되는 일을 독자가 납득할 수 있게 하려면 어떤 방식으로 설득해야 하는지 파헤쳐본다고 야단이었지요. 시간이 흐를수록 벌레화化되는 주인공의 행동을 분석했습니다. 당신보다 더 짜릿하고 충격적인 글을 써보겠다고 이야기를 만들어보기도 했어요. (개가 말을 하는 소설을 썼었죠!) 그땐 애송이었고 오해가 컸습니다. 미완성 장편 『성』을 읽으며 주인공이 성에 들어가지 못하는 이야기를 이렇게 길게 쓸 일이냐고, 친구에게 흉을 보기도 했습니다. "이제 성에 들어갔어?" 친구가 물으면 "아니, 아직도." "지금은?" "이 바보는 영영 못 들어갈 모양이야!" 불평을 늘어놓으며 책을 읽었지요. 죄송합니다. 당신이 쓴 이야기는 그렇게 단순한 이야기가 아니었어요. 당신은 부조리한 상황에서 고군분투할 수밖에 없는 인간의 모습을 세밀하게 그려낸 거지요. 얼마 전 「변신」을 다시 읽어보았는데 놀랐습니다. 보이지 않던 게 보이고, 슬픔이 밀려오더군요. 조만간 『성』도 다시 읽어보겠습니다. 읽을 때마다 다른 걸 보게 되는 게 고전의 묘미 같습니다.

프란츠. 어쩌면 우리는 간결한 답을 찾을 수 없을 때 글을 쓰게 되는지도 모르겠습니다. 다른 방식으로 쓰고 또 쓸 수밖에 없을 때요. 그러고 나면 정답을 찾지는 못하더라도, 고개를 끄덕이게 될 수는 있으니까요. 문학의 효용은 사람의 고개를 끄덕이게 하는 것 아닐까요? 오랫동안 천천히, 당신 글을 읽으며 고개를 끄덕이겠습니다. 그걸로 충분해요.

* 프란츠 카프카, 『카프카의 편지』, 변난수 · 권세훈 옮김, 솔출판사, 2017.

저는 당신이 아니라,

당신이 발굴해낸 문장을 숭배합니다.

페이지에 적힌 시,

진실을 알아채는 능력 때문이기도 하고

그 때문만은 아니기도 합니다.

그보다 당신의 글에 정확한 발견과

깨끗한 선언이 조화롭게 담겨 있어서이죠.

Fernando Pessoa

(1888~1935)

To. 페르난두 페소아

당신은 제 영혼의 청소부입니다

페소아. 한국에는 장마라는 게 있습니다. 여름철 몇 날 동안 줄곧 내리는 비, 혹은 비 내리는 기간을 뜻합니다. 사계절이 뚜렷한 우리나라에선 유일한 우기가 되는 셈이지요. 올해 장마는 유난하네요. 길고 거세요. 떠나는 이에게 매달리는 사람처럼 집요하고, 멈출 줄을 모르네요. 당신은 내리는 비를 앞에 두고 이렇게 쓴 적이 있지요.

> 나는 모든 것에 기대듯이 유리창에 기대서서 깨어 있는 채로 자는 중이다.*

저 또한 비를 보며 종일, 깨어 있는 채로 자고 또 잤습니다. 위에서 아래로 쏟아지는 빗줄기, 있으면서 없(어지)는, 흐르면서 허공에 멈춰 있는, 길고 축축한 환영…… 페소아. 저는 지금 비를 핑계 삼아 당신에게 '권태'를 얘기하는 거예요. 이따금 무기력하게 있는 저를 발견하거든요. 한가하거나 심심하단 이야기가 아닙니다. 오히려 그 반대지요. 할일은 많고 시간에 쫓기며 마음은 불안한데, 그 와중에 권태를 느낍니다. 당신은 권태에 일가견이 있는 사람이죠?

권태…… 그것은 생각 없이 생각하는데 생각하는 일의 피곤함이 따르는 것이다. 느낌 없이 느끼는데 느끼는 일의 괴로움이 따르는 것이다. 원하지 않으면서 원하는 것인데 원하게 만드는 일에 수반되는 구역질이 같이 오는 것이다. (……) 권태…… 어쩌면 이것은 우리가 영혼을 신뢰하지 않았기에 영혼이 느끼는, 아주 깊은 곳에 있는 불만, 우리 내면에 있는 슬픈 어린아이가 갖고 싶은 신성한 장난감을 사주지 않았다고 느끼는 절망일 것이다. *

권태에 대한 당신의 표현이 정확해서 입을 다물 수가 없습니다. 생각 속에 생각이 없고 느낌 속에 느낌이 없는데, 그 일들을 수행할 때의 고통만은 자명한 것! 권태! 우리가 영혼을 신뢰하지 않아서 영혼이 느끼는 깊은 불만이라니, "나 자신이 지겨워"지는 일이 권태가 아니고 무엇이겠어요? 그건 당신이 말한 '감정의 과식' 행위를 했을 때의 증상과도 비슷할까요? 무엇도 하기 싫고 감각은 둔해지며 피로해서 자고 싶은데, 잠 속에서도 잠들고 싶은 상태.

나는 누구의 소유도 아닌 농원의 나무 아래에 누운 모든 거지들의 모든 낮잠이다.*

이 놀라운 문장 앞에서 저는 납작 엎드립니다. 당신의 모든 문장에는 시가 박혀 있어요. 빠지지도, 녹지도, 흘러내리지도 않는 시의 파편이 박혀 있습니다. 그때의 지리멸렬한 감정, 환멸에 빠진 자신을 "모든 거지들의 모든 낮잠"이라고 표현하다니! 저는 당신이 아니라, 당신이 발굴해낸 저 문장을 숭배합니다. 페이지에 적힌 시, 진실을 알아채는 능력 때문이기도 하고 그 때문만은 아니기도 합니다. 그보다 당신의 글에 정확한 발견과 깨끗한 선언이 조화롭게 담겨 있어서이죠.

당신의 문장을 읽을 때면, 이런 풍경이 떠오릅니다. 아주 커다란 실험실이 있습니다. 그곳엔 백 개가 넘는 창문이 있습니다. 빛이 충분히 들어오는 곳이지요. 공기와 빛, 책상과 의자, 연필과 종이가 실험 도구의 전부인 곳입니다. 흰 가운을 입은 당신과 당신들—당신에게서 쪼개져 나온 수많은 당신의 분신(당신은 평생 일흔 명이 넘는 이명異名의 작가들을 만들어내고, 그들에게 각기 다른 인격을 부여해 글을 쓰게 했지요)—이 그곳에 서거나 앉아 있습니다. 몇몇은 걷고, 몇몇은 웅크려 있습니다. 누군가 무언가를 발견하면 종이에 발견한 걸 적습니다. 다른 누군가가 무언가를 발견하면 역시 종이에 적습니다. 시간이 흐르고, 이 단순한 일이 반복되고, 당신들의 문장은 계속 쌓입니다. 매일, 느린 속도로, 퀼트처럼.

제 상상에서 당신의 공간이 '실험실'인 까닭은 무엇일까요? 어쩌면 당신이 정답이 없는 문제에 골몰하는 사람이기 때문인지도 모르지요. 당신의 글은 명확하고 아름다워 이견을 내세우고 싶지 않게 합니다. 다른 생각은 순식간에 잊게 됩니다. 맞아요, 페소아. 당신의 문장은 생각을 사라지게 해요. 감각만 남깁니다. 사랑만 남겨두지요.

> 내겐 철학이 없다, 감각만 있을 뿐……
>
> 내가 자연에 대해 얘기한다면 그건, 그게 뭔지 알아서가 아니라,
>
> 그걸 사랑해서, 그래서 사랑하는 것,

왜냐하면 사랑을 하는 이는 절대 자기가 뭘 사랑하는지 모르고

왜 사랑하는지, 사랑이 뭔지도 모르는 법이니까……

사랑한다는 것은 순진함이요,

모든 순진함은 생각하지 않는 것……

—「양 떼를 지키는 사람」 중에서**

이 시를 처음 읽었을 때 잠시 얼어붙었습니다. 당신이 '알베르투 카에이루'라는 이명으로 쓴 시지요. 당신은 카에이루를 존재의 이상향으로 생각했다지요? 당신이 당신 스스로의 스승이라고 여긴 전원시인 카에이루. 그가 쓴 「양 떼를 지키는 사람」을 당신이 쓴 것 중 최고라고 자평했다는데, 저 또한 당신의 시 중 가장 좋아하는 시입니다.

시는 일의 원인과 결과를 찾아내고, 논리를 세우는 데에서 벗어나 있지요. 시는 논리를 가뿐히 너머 다른 차원으로 가버리니까요. 당신의 말대로 생각은 순진함을 배반하는 행위예요. 물론 생각하지 않는다는 게 바보 천치가 되어야 한다는 뜻은 아닐 거예요. 그보다 감각을 억압하고 행동을 배제한 채, 존재의 굴레로 작용하는 생각을 벗어나자는 거지요. 생각을 넘어 감각하기, 날아가기!

페소아. 종종 무력할 때, 비에 발이 묶여 있을 때, 스스로가 지겨워질 때 공책에 적어보는 문장이 있습니다.

몸을 씻듯 운명도 씻어주고, 옷을 갈아입듯 삶도 갈아줘야 한다.*

이 문장을 곱씹어 읽어봅니다. 속에 고인 구정물을 버리고, 영혼을 깨우고, 새로 말간 운명을 해 입은 것처럼 개운해지거든요.

고백하건대 당신은 제 영혼의 청소부입니다.

---

* 페르난두 페소아, 『불안의 책』, 오진영 옮김, 문학동네, 2015.
** 페르난두 페소아, 『시는 내가 홀로 있는 방식』, 김한민 옮김, 민음사, 2018.

어둠과 죽음, 부정적인 감정에

당신보다 능통한 시인을 찾는 일은 쉽지 않을 거예요.

당신은 어둠의 왕이에요.

어둠을 지배하는 죽음이 당신의 장난감이지요.

당신은 끝내 자력으로 죽음에 성공한 사람입니다.

Sylvia Plath

(1932~1963)

To. 실비아 플라스

사랑을 위해 당신은,
사랑의 목을 조르지요

오늘아침 창밖을 바라보다 깨달음 하나가 왔습니다. 2020년에 사는 우리는 '사는 삶'이 아니라 '보는 삶'을 살고 있구나. 1963년에 생을 마친 당신은 무슨 얘기인가, 의아하게 생각하시겠군요. 어떻게 말하면 좋을지 모르겠어요. 지금 이곳은 숨을 쉬고, 밖에 나가고, 사람들을 만나 인사를 나누는 일이 위험한 일이 되었거든요. 전염력이 강한 바이러스가 세계적으로 유행하고 우리는 강도 높은 '사회적 거리두기'를 실시하고 있습니다. 국외 여행은 꿈도 꾸지 못하고 국내 여행이나 시내 외출도 편안하지만은 않아요. 사람들이 많은 곳엔 되도록 가지 말아야 하고, 호흡기를 보호하기 위한 마스크 쓰기는 필수이지요.

실비아.

이상한 세상이 왔어요. 이상한 세상이 아니라 30년 전 우리가 (가벼운 마음으로) 예상하던 '미래 사회'가 도래했다고 할까요? 이상기후로 지구는 몸살을 앓고 있습니다. 50일 동안 비가 내리기도 하고, 여름은 덥지 않고 겨울은 춥지 않습니다. 여기저기서 산불이 꺼지지 않아 숲이 사라지고 빙하는 녹고 있습니다. 바다생물들은 인간이 버린 플라스틱을 삼키고 죽어가요. 소, 돼지, 닭 등 인류가 먹어온 가축들은 전염병이 퍼지면 무더기로 살처분 되지요. 세계 곳곳에서 파시스트보다 나을 게 없는 지도자들이 정권을 잡고, 인종차별은 더 심해지고 있어요. 누군가는 지구의 역습이라고 하고 살기 좋은 지구는 더이상 없을 거라 합니다.

두렵습니다. 늘 있어온 각종 혐오와 차별의 극단에 '인간 혐오'가 있을까봐요. 인간이 인간을 혐오하는 일, 있어왔던 일 아니냐고요? 네. 그렇지만 저는 인간 자체가 바이러스 취급을 받고, (서로에게 존재 자체로) 위험인자로 인식되는 날이 올 것 같아 두렵다는 말입니다. 미안해요. 당신에게 다짜고짜 두려움을 털어놓기만 했네요. 어둡고 두려운 감정에 대해서 누구보다도 당신이 제일 잘 알고 있으리란 믿음 때문인가봐요. 당신은 이런 시를 썼지요.

이곳은 사람들이 수선되는 도시입니다.
난 커다란 모루 위에 누워 있어요.
내가 빛 바깥으로 떨어졌을 때

단조롭고 푸른 하늘의 원圓은
인형의 모자처럼 날아가버렸습니다. 말없는 찬장 같은
무관심의 위胃 속으로 난 들어갔었죠.

—「생일을 위한 시—7. 돌들」 중에서*

당신의 시는 어둡고, 휘몰아치고, 죽음을 열망합니다. 사랑의 목을 비틀어 쥔 채 비명을 지르지요. 사랑을 위해 당신은, 사랑의 목을 조르지요. 그걸 슬퍼하면서. "죽은 자들은 다른 사람들을 위해 눈을 남겨놓지요./사랑은 내 대머리 유모의 제복이랍니다"*(같은 시)라고 당신은 사랑을 조롱하며 동시에 사랑을 원하지요. 어둠과 죽음, 부정적인 감정에 당신보다 능통한 시인을 찾는 일은 쉽지 않을 거예요. 당신은 어둠의 왕이에요. 어둠을 지배하는 죽음이 당신의 장난감이지요. 당신은 끝내 자력으로 죽음에 성공한 사람입니다.

20대 때는 당신의 죽음과 죽음에 도달한 방식에 미혹되었습니다. 20대는 그런 나이잖아요. 저 역시 시를 쓰면서 늘 죽음 가까이에 몸을 밀착하려고 애를 썼어요. 그건 삶이라는 낭떠러지로 떨어지지 않으려고, 죽음에 몸이 '흡착'될 수 있도록 애쓰는 에너지였지요. 제가 진정으로 죽음을 바랐느냐고요? 저는 '죽음의 성공'에는 관심이 없었어요. 삶의 실패라면 모를까. 그저 죽음을 향해 몸이 기울어지는 속도, 위험한 밀착에 흥미를 느꼈던 것 같습니다. 그게 마치 살길이라도 되는 것처럼요. 당신의 시들과 두꺼운 일기장을 들여다보던 시절이었어요.

사실 저는 당신에게 불만이 많았답니다. 양가감정이 들었어요. 일기에 털어놓은 당신의 고통을 읽을 때 질려서, 도망가고 싶을 때가 있었거든요. 무엇보다 문학에 대한 당신의 야망, 높은 곳에 올라서고 싶어하는 치열한 마음이 불편했어요. 글쎄요. 제게 없는 걸 당신이 바라서였을까요, 아니면 제게 있는 욕망을 당신이 적나라하게 써놓아서일까요? 저는 당신이 한시도 평안할 수 없는 사람이란 점 때문에 괴로웠습니다. 저 역시 그랬거든요. 당신을 노려보면서 껴안았습니다. 아무튼 그 두꺼운 일기장을 다 읽어치웠어요. 용서하세요. 일기장을 출간하는 일은 당신의 뜻이 아니었겠지만. 당신은 너무 유명해졌답니다.

실비아. 어떤 사람은 비극에 특히 민감한 것 같아요. 피의 기질이라고 볼 수 있을까요? 피, 기질, 시. 이 셋이 뒤엉켜 놀면 무시무시한 일이 일어나기도 하지요. 1962년부터 1963년까지, 당신이 자살하기 전 1년 동안 쓴 시들은 에너지가 무시무시합니다. 그때 당신은 애를 쓸 필요가 없었을 거예요. '시적 살기殺氣'가 너무 강렬해 종이가 겁에 질렸을 테니까요. 자연스럽고 뛰어나며 흠잡을 때 없이 완벽한 말들이 뛰어노는 시. 누구 하나, 무엇 하나 개입할 수 없이 완벽한! 당신과 종이와 시, 그리고 죽음이 합작해 만들어놓은 것입니다. 읽고 있자면 기가 질리지요. 당신 능력 밖의 일이 일어난 거예요. 시가 당신을 부리는 일! 시가 태어나려고 당신을 타고 달리며, 당신을 부리는 일. 그리고 당신은 팽개쳐지듯 죽어버렸어요. 그 시를 제가 여기, 어둑한 시절 축축한 언덕에서 읽습니다.

나는 비난받는다. 나는 대학살을 꿈꾼다.
나는 까맣고 붉은 고통의 정원이다. 나는 고통을 마시고,
나 자신을 증오하고, 증오하고 두려워한다. 그리고 이제 세상은
종말을 이해하고 종말을 향해 달린다, 사랑 안에서 손을 꼭 잡는다.

모든 것을 병들게 하는 죽음의 사랑이다.

—「세 여인」 중에서**

"모든 것을 병들게 하는 죽음의 사랑"을 누가 말릴 수 있을까요?

실비아. 저는 온 힘을 다해 제 어둠의 뼈를 똑똑 부러뜨리며, 그곳에서 빠져나왔어요. 제 가시를 다 뽑았어요. 순해졌을까요? 그렇지만 우습게도 가시들은 계속 자라요. 심지어 저 모르는 곳에서도 자라지요. 그걸 말릴 순 없어요. 저는 어둠을 사랑하지만 어둠을 통제하고 싶은 사람. 그러나 정말 어두운 시절이 온다면 당신의 시를 이불처럼 덮고 흐느껴 울고 싶은 사람.

실비아. 피는 맑아질까요? 과연?

이 말을 하고 싶어요.

당신이 그토록 원하던 것들, 다 이루었어요. 다요.

---

* 실비아 플라스, 『거상』, 윤준 옮김, 청하, 1990.
** 실비아 플라스, 『실비아 플라스 시 전집』, 박주영 옮김, 마음산책, 2022.

당신이 할 수 있는 일은
혼자 작업에 몰두하는 일뿐이었겠지요.
침묵 속에서 당신의 손이 움직이고 눈이 따라갈 때,
주변에 고이는 적요 같은 것.
다른 세계로 침잠하느라
얼굴 곳곳에 파였을 주름, 다문 입술, 형형한 눈,
집중하는 이마 같은 것.
떠올리면 폐로 어둠이 밀려오는 듯 스산해집니다.

權 鎭 圭

(1922~1973)

To. 권진규

외로움이 말라죽으면 고독이 되는 걸까요

일찍 죽은 두 시인의 추도제가 있어 중흥사에 다녀왔습니다. 가파른 북한산을 오르느라 발아래만 보았습니다. 돌, 바위, 흙, 낙엽. 가까이에서 겪는 자연은 아름답지도 인자하지도 않더군요. 그저 뾰족하고 거칠고 위험해 보였습니다. 그게 자연이겠지만요. 자연의 아름다움이란 멈춰 설 때, 떨어져 바라볼 때에야 나타나는 건가봐요. 목적을 갖고 절로 향하는 걸음엔 여유가 없었습니다. 넘어지지 않기 위해 몸을 사리며 올라갔습니다. 죽은 이들의 영정이 놓인 불당에 앉아 염불 외는 소리를 들으니 영혼이 붕 떠오르는 기분이 들더군요. 영혼이 몸밖으로 나와서 제 안쪽을 들여다보는 듯한 느낌이 들었어요. 누군가는 가고 누군가는 남아 먼 곳에서 서로를 부르는 듯한 느낌이었지요. 사람을 몽롱하게 만드는 목탁 소리와 스님의 불경 외는 소리 때문이었을까요? 당신도 한 번은 그런 적 있으셨겠지요. 불상 앞에 앉아, 혹은 불상을 두 손으로 빚다가, 죽음이 삶과 이토록 바투 앉아 있다는 걸 감지하는 일 말이에요.

기억하려는 자와 잊히려는 자 사이엔 죽음이 들어앉아 있더군요. 흔히 사람들은 삶과 죽음을 대척 관계에 놓고 보지만 아닌 것 같아요. 삶의 반대가 죽음이 아니라 죽음까지도 삶인 듯 보였습니다. 도처에 이렇게 죽음이 많은데, 어떻게 죽음이 홀로 떨어져 있을 수 있겠어요? 죽음은 삶이라는 집에 있는 어두운 방이구나, 생각합니다.

당신은 그 어두운 방의 문을 스스로 열고 들어간 사람. '아무도'와 '누구도'란 말 사이에서 야윈 채 작품을 만들던 사람이었지요. 당시 한국 화단은 당신을 배척했다고 하지요. 누가 당신의 심정을 다 알 수 있을까요. 그저 생각만 할 뿐이에요. 외로움이란 말도 당신의 심정을 표하기엔 가난한 단어이겠구나.

선생님. 외로움이 말라죽으면 고독이 되는 것 같아요. 외로움은 액체에 가까워 출렁이고 넘치지만 고독은 고체에 가깝습니다. 외로움은 흐르지만 고독은 정체된 채 고요히 단단해지니까요. 외로움은 불안정하게 만들고, 고독은 (때로) 위험하지요. 외로움엔 몇 방울의 갈망이 있지만 고독엔 갈망이 없습니다. 당신은 안팎으로 고독했던 사람이라 생각해요.

당신이 할 수 있는 일은 혼자 작업에 몰두하는 일뿐이었겠지요. 침묵 속에서 당신의 손이 움직이고 눈이 따라갈 때, 주변에 고이는 적요 같은 것. 다른 세계로 침잠하느라 얼굴 곳곳에 파였을 주름, 다문 입술, 형형한 눈, 집중하는 이마 같은 것. 떠올리면 폐로 어둠이 밀려오는 듯 스산해집니다.

당신은 여동생 권경숙에게 이렇게 말했다고 하지요.

"내 마음이 평화롭고 편할 때는 불상이 웃고 있고, 내 마음이 울적할 때는 불상도 울고 있는 것 같다."

불상에 시간이 깃들면, 불상에게도 표정이 생기는 걸까요. 그 표정이란 보는 사람의 마음에 따라 미세하게 달라지는 거울 같은 걸까요. 선생님의 작품은 꼭 거울 같습니다. 보고 있자면 무언가가 떠오릅니다. 시인 김종삼의 얼굴, 걸어본 적 없는 일제강점기의 골목들, 비 오는 날 담배를 사러 가는 자코메티의 사진(브레송이 찍은), 먼지 쌓인 폐가의 창틀, 아흐레 동안 술 이외에는 입에 대지 않고 엎으로 누워 잠만 자던 누군가의 등, 어둑하고 쓸쓸하게 야윈 것들의 형상이 떠올라요.

예술가는 텅 빈 광장에 홀로 서 있는 사람일지도 모르겠습니다. 그곳에 서서 곡식 낱알을 한 톨 한 톨, 늘어놓는 사람이요. 자기만의 미적 기준에 알맞은 형태로 말이지요. 누군가 본다면, 바보 같아 보인다고 말하겠지요. '하염없이, 또 속절없이' 그 짓을 하는 사람. 끝난 뒤, 자기가 만든 작품과 그것에 오래 매달려 있던 자기 영혼으로부터 손을 떼고 나가떨어지는 사람. 나뒹구는 사람. 밀려나는 사람.

떨어져나간 사람에게 필요한 것은 무엇일까요? 자기가 속해 있던 세계(작품)에 대한 '인정과 기억'이겠지요. 그게 다예요. 당신은 그걸 받아야 하는데, 받지 못했습니다. 아무리 받아도 충분치 못할 텐데 받지 못했습니다. 당신을 떠올릴 때마다 마음이 아픕니다. 당신이 홀로 머물던 아틀리에(차가운 무덤 같던!)에서 쓸쓸히 목을 멘 풍경이 떠올라 고통스럽습니다. 당신은 받았어야 했어요. 작품에 대한 인정과 인정과 인정을요. 뛰어난 작업을 지속적으로 해온 예술가를 혼자 죽게 만든 사회는 반성과 후회, 온당한 재평가를 해야 해요. 죽은 예술가를 위해서가 아니라 태어날 예술가를 위해서요.

2022년 봄, 서울시립미술관에서 열린 전시를 보았습니다. 당신의 탄생 백 주년을 기념하는 전시회였지요. 발을 들여놓은 순간 널따란 전시장을 메운 전시품들의 에너지에 압도당했습니다. 눈빛이 형형해 살아 움직일 것 같은 동물들, 차가운 질료로 만들어졌지만 안쪽에선 피가 돌 것만 같은 그들의 생생함에 충격을 받았습니다. 전시장을 천천히 거니는 동안 저는 당신이 마주했던 고독의 현현顯現을 보는 기분이었지요.

웬일인지 한번은 본 적 있는 것 같아요. 손에 흙을 묻히고, 한곳에 서서 먼 곳으로 나아가는 당신 얼굴이요. 천장이 높고, 차갑고, 조금 습하고, 아무도 없는 작업실에서 무언가를 만드는 데 여념이 없었을 당신. 당신은 고요로 빚은 형상을 드러내는 작업에 성공했습니다. 목이 길고 이마가 반듯한 작품 속 인물들, 직시하기 위해 떠 있는 눈, 혹은 안을 살피기 위해 감겨 있는 눈.

1972년 3월 3일, 조선일보 〈예술적 산보〉에 당신은 이런 구절을 썼습니다. 백거이의 시구를 차용한 문장이지요.

"절지切紙여도 포절抱節하리라. 포절 끝에 고사枯死하리라."*

가지가 꺾여도 절개를 지키겠다는, 절개를 지키다 말라죽겠다는 의지. 예술에 대한 당신 의지를 보여주는 글의 마지막은 이렇습니다.

어느 해 봄, 이국의 하늘 아래서 다시 만날 때까지를 기약하던 그 사람이 어느 해 가을 바보 소리와 함께 흐느껴 사라져갔고 이제 오늘은 필부고자匹夫孤子로 진흙 속에 묻혀 있다. (……) 아무도 눈여겨보지 않는 건칠을 되풀이하면서 오늘도 봄을 기다린다. 까막까치가 꿈의 청조를 닮아 하늘로 날아보내겠다는 것이다.*

당신은 결국 사회의 냉대 속에 말라죽었지요. "아무도 눈여겨보지 않는 건칠을 되풀이"하다가요.

당신 얼굴과 당신의 삶을 도포 한 장으로 덮어놓고 눈을 감습니다. 본 것도, 보지 않은 것도, 볼 수 없는 것도 떠오릅니다. 너무 추워지기 전에 동선동에 있는 당신의 아틀리에에 다녀와야겠어요. 오래 전 당신이 서 있던 자리에서 좀 서성이고 싶네요.

* 권진규, "예술적 산보", 조선일보, 1972년 3월 3일자 5면.

여성으로 산다는 건

플러스나 마이너스 부호를

달고 사는 것과 마찬가지입니다.

언제나 평가가 따르기 때문이지요.

부호 없이, 그냥 나 자신.

나 이외의 다른 무엇으로도 평가받지 않을 권리가

우리에겐 필요합니다.

羅 蕙 錫

(1896~1948)

To. 나혜석

이 모든 건 우리에 앞서,
당신이 있었기 때문입니다

나혜석. 단단하게 빛나는 비석처럼 다가오는 이름입니다.

당신이 떠난 뒤 약 70년의 세월이 흘렀습니다. 당신 이후, 이 땅에 글을 쓰고 예술을 하는 많은 여성이 태어났습니다. 당신 이후, 여성의 지위는 조금씩 올랐다고도 하고 아직 갈 길이 멀다고도 하지만. 당신 이후, 많은 게 바뀌었습니다. 어제 글을 한 편 썼습니다. '여류'라는 수식어를 (아직도) 붙여 말하길 좋아하는 사람들에 대해 쓴 글이지요.

여성이 여성이라는 이유만으로 추앙되거나 깎아내려지는 경우는 많다. 여배우, 여의사, 슈퍼우먼, 슈퍼맘이란 말을 보자. 얼핏 보면 추앙의 의미로 보이지만 사회가 규정해놓은 여성상에서 '벗어나 있는' 존재를 칭하기 위해 만들어놓은 말로도 보인다. 수식어는 대상을 구체적으로 규정한다. 이름 붙이고 낙인을 찍고 평가하려는 의도가 숨어 있다. 평가! 그렇다, 평가가 포함되어 있다. 남자 의사, 남자 작가, 남자 외교관, 남자 대통령이라고 하지 않는 이유는 인간의 기본값을 남자로 둔 이 사회의 사고방식 때문이다. 그리고 언어는 사회의 사고방식을 반영한다. '여류'라는 말엔 여성을 세상(남성)의 아류로 전락시키려는 함의가 들어 있다.*

여류 시인, 여류 작가, 여류 문학, 여류 인사…… 당신이 살던 시대에는 더했겠지요? 그냥 화가가 아니라 당신을 여류 화가라 부르는 사람들이 많았겠지요?

요 며칠 당신이 남긴 글을 읽으며 당신 삶에 대해 깊이 생각해봐서일까요. 생각 끝에 당신이 서 있습니다. 흔히 문화 비평을 할 때 평론가들이 여성을 대상화하지 말라고 지적하잖아요? 사전에서 대상對象이란 말을 찾아보니 "어떤 일의 상대 또는 목표나 목적이 되는 것"이라고 나오더군요. 여성은 누군가의 상대, 누군가의 목표나 목적으로서 칭송받거나 비판받는 존재로 취급을 받으며 살아왔습니다.

오래전 여자들에겐 이름이 없었습니다. 누구의 어머니, 누구의 딸, 누구의 아내로 불렸지요. 지금은 달라졌다고 하지만 글쎄요. 도돌이표처럼, 수시로 돌아가지 않나요? 누구의 누구로. 자기 옆에 붙은 수많은 수식어들을 돌보면서 앞으로 나아가는 여성들, 여전히 많지 않나요? 그 많은 것을 돌보고 난 뒤 그럼에도 자기 자신의 이름을 세상에 알려 성공을 거둘 때, 여성 앞에는 작위처럼 '슈퍼'라는 수식어가 붙습니다. 뛰어난 남자에겐 슈퍼맨이란 칭호를 붙이진 않지요. 그들에게 슈퍼맨은 그저 영화 캐릭터입니다. 남성의 뛰어남, 그건 익숙한 일이니까요. 그들은 역사적으로 오랜 시간 동안 '훌륭하게 살도록' 주문받아왔으니까요.

여성으로 산다는 건 플러스나 마이너스 부호를 달고 사는 것과 마찬가지입니다. 언제나 평가가 따르기 때문이지요. 부호 없이, 그냥 나 자신. 나 이외의 다른 무엇으로도 평가받지 않을 권리가 우리에겐 필요합니다.

> 남자는 칼자루를 쥔 셈이요, 여자는 칼날을 쥔 셈이니 남자 하는 데 따라 여자에게만 상처를 줄 뿐이지. 고약한 제도야, 지금은 계급

전쟁 시대지만 미구에 남녀 전쟁이 날 것이야. 그리고 다시 여존남비 시대가 오면 그 사회제도는 여성 중심이 될 것이야. 무엇이든지 고정해 있지 않고 순환하니까. **

1933년 2월 28일자 조선일보에 당신이 발표한 글을 읽으며 전율했습니다. 곧 여성이 중심이 되는 사회가 올 거라는 당신의 예언에 두근거렸습니다. 이미 지금을 살아가는 여성들은 달라졌습니다. 옛날엔 당신과 같은 분이 적었기에 당신 홀로 외로운 투쟁을 해야 했지만, 여성들조차 여성의 편을 들어주지 않았지만 지금은 다릅니다. 지금 여성들은 서로 연대합니다. 불평등에 대해 논쟁하고, 글을 쓰고, 행동을 바꾸려고 합니다. 용기를 내 발언하고, 서로의 발언을 지지합니다. 여성 서사가 주가 되는 시와 소설, 영화를 만들고 향유합니다. '벡델 테스트'라는 걸 만들어 영화 속에서 여성이 꼭두각시처럼 사용되고 버려지는 일을 비판합니다.

이 모든 건 우리에 앞서, 당신이 있었기 때문입니다. 여성을 종 아니면 사유재산 정도로 여기던 가부장적인 사회에서 "정조는 도덕도 법률도 아무것도 아니요, 오직 취미다"***라고 일갈한 당신 덕분입니다. 조선 사회의 인심을 탓하며 "여성을 보통 약자라 하나 결국 강자이며, 여성을 작다 하나 위대한 것은 여성"****이라고 만천하에 외친 당신 덕분입니다.

> 조선은 어떠한가? 조금만 변한 행동을 하면 곧 말살시켜 재기치 못하게 하나니 고금의 예를 보아라. 천재는 당시 풍속 습관의 만족을 갖지 못할 뿐 아니라 차대次代: 다음 때를 추측할 수 있고 창작해낼 수 있나니 변동을 행하는 자를 어찌 경솔히 볼까보냐. 가공할 것은 천재의 싹을 분질러놓는 것이외다. 그러므로 조선 사회에는 금후로는 제1선에 나서 활동하는 사람도 필요하거니와 제2선, 제3선에 처하여 유망한 청년으로 역경에 처하였을 때 그 길을 틔워주는 원조자가 있어야 할 것이요, 사물의 원인 동기를 심찰하여 쓸데없는 도덕과 법률로써 재판하여 큰 죄인을 만들지 않는 이해자가 있어야 할 것입니다.*****

「이혼 고백장」이란 제목으로 당신이 쓴 글의 일부입니다. 당신은 누구에게도 이해받지 못하고, 수중에 돈 한푼 없이 쫓겨나듯 이혼을 당했습니다. 그 심정이 얼마나 답답하고 원통했으면, 이혼 고백장이란 형식의 전대 없는 글을 쓰게 했을까요? 솔직하고 자기 성찰이 담긴, 이 문제적 글이 당신을 조선 사회에서 더 고립된 존재로 만들었다는 건 사실이지요. "천재의 싹을 분질러놓는" 게 이 나라의 취미일까요?

문득 서늘해집니다. 남성이라면 하지 않아도 되었을 존재 증명, 존재의 평등할 권리를 당신으로부터 작금의 여성들까지, 이토록 오래 주창해야 하다니요. 미래의 여성들은 우리와 또다른 시간을 맞이하겠지요? 사람으로 태어난 것을 후회한다고 당신은 말했지만, 기억하세요. 당신을 괴롭힌 시대와 남성 중심사회의 사람들은 잊히지만, 당신은 아니에요. 당신 이름 '나혜석'은 비석처럼 남아 있습니다. 지금, 여기서, 우리는 여전히 당신을 생각합니다. 당신이란 존재에 감사드립니다.

---

* 박연준, 『쓰는 기분』, 현암사, 2021.
** 나혜석, "여인일기—(3) 모델", 조선일보, 1933년 2월 28일자 5면.
*** 나혜석, 「신생활에 들면서」.
**** 나혜석, 「이혼 고백서」.
***** 나혜석, 「이혼 고백장」.

제가 하고 싶은 이야기는 이거예요.

당신이 가진 영혼의 부드러움,

아름답고 순한 존재에 대한 동경,

가난하고 약한 자에 대한 사랑,

상처 입은 자에 대한 연민,

여성적인 것이 언제나 옳다는 신념에 대한 이야기죠.

이런 당신의 기질이 소설에 깃들 때,

그 이야기를 읽는 일은 말할 수 없이 행복합니다.

Romain Gary

(1914~1980)

To. 로맹 가리

12월 2일,
오늘은 당신의 기일입니다

꿈 이야기를 먼저 할게요. 아는 선배가 집에 놀러왔어요. 그는 식탁에 앉아 커피 한잔을 청해 마시고, 시시껄렁한 이야기를 하더군요. 가볍고 소소한 이야기였어요. 뒤돌아서면 잊히는. 그러다 무언가 생각났다는 듯 그는 운동화를 꺾어 신고는 가버렸습니다. 좀 쉬려는데 이어서 아는 후배 하나가 문을 열고 들어오더군요. 초대하지도 않았는데 자꾸 사람들이 오는 게 이상하게 느껴졌죠. 후배가 배고프다고 해 밥을 차려주었습니다. 그는 수저를 든 채 시 쓰는 일의 어려움을 토로하더군요. 알지, 그럼. 그럴 거야. 몇 번 맞장구를 쳐주고 나니 침묵이 내려앉았습니다. 침묵을 견디느라 고단한 차에 그가 일어서더군요. 그런데 현관문이 열리지 않았습니다. 둘이 번갈아가며 손잡이를 비틀어보고, 몸으로 문을 밀어도 보았지만 요지

부동이었어요. 문을 벽처럼 두고, 우리는 무력하게 서 있었습니다. 밖에 누가 있나. 갇힌 건가. 집에는 어떻게 가지. 둘이서 말을 주고받다 문에 기댔는데 문이 스르륵 열렸습니다. 밖에 누가 등을 보인 채 서 있더군요. 연보라색의 짧은 원피스를 입은 소녀였습니다. 민소매에다 길이가 티셔츠만큼 짧았기에 가느다란 팔다리가 드러나 보였어요. 그애를 보는 순간 엮이고 싶지 않다는 생각이 들었습니다. 저는 후배를 내보내고 재빨리 현관문을 닫으려 했습니다. 그때 소녀가 문틈으로 몸 한쪽을 들이밀더니 닫지 못하게 막았습니다. 다급한 동작이었어요. 저는 소녀와 오랫동안 실랑이를 벌였어요. 들이지 않으려는 자와 들어오려는 자, 문을 열려는 자와 열어주지 않으려는 자가 뒤섞여 당체 뭘 하고 있는지 모르겠는 사이, 꿈에서 깨어났습니다. 왜 이런 꿈을 꿨을까 생각하다, 깨달았어요. 그 소녀가 나구나. 나였던 나구나.

로맹.

저는 그저 당신에게 이 이야기를 하고 싶었어요. 그냥 꿈이고, 이야기지요. 중요하지 않은 듯 보이지만 어쩌면 중요할지도 모를 이야기요. 일상을 가로질러 유유히 사라지는 '작지만 큰' 이야기들이요. 말이 되는지 모르겠네요.

때때로 두려움을 느낍니다. 별안간 진실이 보일 때. 누가 망원경을 건넨 것처럼, 진실이 내 코앞에 앉은 것처럼 또렷이 보일 때요. 대부분의 사람들은 진실을 불편하게 생각합니다. 옷을 입지 않은 것, 눈이 형형한 것, 존재를 갑자기 꺼트릴 수 있는 것, 멀리서 우리를 채찍질하며 깨어 있게 하는 것이니까요. 저는 생각합니다. 좋은 작가는 진실에 복무하기 위해 한평생을 종이 위에 매달려보내는 사람이라고요. 당신이 그런 것처럼요. 물론 당신은 진실 위에 소량의 '환상'을 올려두려 한 사람이지만(미끄러져도 계속!), 그게 당신의 단점이라 생각하진 않습니다. 당신의 순진함과 성심이 드러난 행동, 당신의 특별함이라 생각합니다. 순진함과 성심은 작가가 갖기 어려운 덕목이고 거기에 영민함과 재능이 더해지면 무적이 될 수 있다고 믿어요.

나는 꼬부랑 할아버지가 될 때까지 살면서 당신에게 내 추억을 줄 거야. 조국을, 땅을, 샘을, 정원과 집을, 요컨대 여자의 빛을 포기하지 않을 거야. 엉덩이의 흔들림, 머리카락의 흩날림, 우리가 함께 만든 주름들. 그러면 나는 내가 어디에서 왔는지 알게 되겠지. 나는 여성적인 나라를 포기하지 않을 거야.*

당신은 어느 소설에서 이렇게 말하는 주인공을 등장시킨 적 있습니다. 흔들림이나 흩날림. 그건 저도 좋아하는 거예요. 인터뷰나 몇 편의 글을 통해 당신은 여러 번 이야기했어요. 여성성을 얼마나 사랑하는지. 그게 단지 생물학적 여성성만을 의미하는 건 아닐 거예요. 세계를 다독일 수 있는 여성적인 카리스마, 고귀함, 부드러움이 내포되어 있는 거겠죠. 모국어, 시, 사랑 따위는 여성성을 대표하는 것들이죠. 물론 제가 여성에 대한 당신의 생각에 전적으로 동의하는 건 아닙니다(지금은 그에 대해 얘기하지 않겠지만). 제가 하고 싶은 이야기는 이거예요. 당신이 가진 영혼의 부드러움, 아름답고 순한 존재에 대한 동경, 가난하고 약한 자에 대한 사랑, 상처입은 자에 대한 연민, 여성적인 것이 언제나 옳다는 신념(이상적일지라도!)에 대한 이야기죠. 이런 당신의 기질이 소설에 깃들 때, 그 이야기를 읽는 일은 말할 수 없이 행복합니다.

로맹. 당신은 제가 20대 때 가장 사랑하던 작가 중 하나였습니다. 늘 읽었지요. 그래서 당신에겐 더 할말이 없어요. 책을 읽으며, 아주 오랫동안 당신과 대화를 나누었다고 믿거든요. 『유럽의 교육』『새벽의 약속』『하늘의 뿌리』『새들은 페루에 가서 죽다』『인간의 문제』

『자기 앞의 생』『그로칼랭』『흰 개』『여자의 빛』…… 당신이 쓴 이야기들은 많고, 저는 그걸 천천히 읽었지요. 저는 촌철살인이 빛나는 당신의 묘사를 좋아했습니다. 한 사람의 눈을 두고 "마치 아물지 않는 상처처럼 세상을 향해 열려 있는 부드럽고 커다란 갈색 눈"**(「세상에서 가장 오래된 이야기」)이라고 표현하는 사람을 어떻게 좋아하지 않을 수 있겠어요? 그 문장을 보고 놀란 이유는 돌아가시기 전 할머니의 눈빛이 꼭 그랬기 때문이에요. 빛을 반사하는 강물 같은 눈빛이요. 눈빛이 곧 물빛이라는 생각을 그때 했어요. 눈은 얼굴에서 작게 벌어진 한 쌍의 틈에 불과하지만, 영혼의 일부가 그 틈으로 비춰지지요.

로맹. 산다는 게 뭘까요? 벽을 향해 몸을 던지는 작은 돌멩이가 되는 일일까요? 어리석음으로 빛나는 사람 하나를 품는 일? 누군가 벽은 그저 벽일 뿐 문이 될 수 없다고 아무리 말해도 듣지 않는 일일까요? 들어오려는 옛날의 나와 나가려는 오늘의 내가 벽을 사이에 두고 화해하는 일? 작은 돌멩이로서 저는 벽 두드리기를 멈추지 않겠습니다.

이따금 진 세버그를 사랑할 때의 당신 마음을 상상해봅니다. 그 어둑한 애정, 상심한 채 깊어지는 사랑을요. 바보 같은 일이죠, 누군가를 사랑한다는 건. 상대의 바보 같음까지 사랑하며, 내 바보 같음 또한 견디는 일일 테니까요. 말한들 뭐하겠어요. 로맹, 정말이지 말한들 뭐하겠어요.

저녁이 내려앉은 창가에서 남편이 묻더군요. 오늘이 무슨 날인지 아느냐고요. 오늘은 12월 2일인데, 무슨 날이냐고 되물었지요.

"1980년 오늘. 지금처럼 저녁 무렵. 로맹 가리가 죽었어."

생각하면 슬퍼지지만, 그 일을 언급하지 않을 수 없겠네요. 오늘은 당신의 기일입니다. 40년 전 오늘, 저녁 무렵, 당신은 스스로 목숨을 끊었지요. 사람은 사랑 없이도 살 수 있느냐고 어린 '모모'가 물었고(『자기 앞의 생』), 당신이 죽음으로 대답한 날이지요.

당신이 보고 싶어요. 옛날에 본 적 있는 듯이. 그렇다 하니, 마침 문장 하나가 유성처럼 내려앉네요.

"밤은 고요하리라."

고요한 밤입니다.

---

* 로맹 가리, 『여자의 빛』, 김남주 옮김, 마음산책, 2013.
** 로맹 가리, 『새들은 페루에 가서 죽다』, 김남주 옮김, 문학동네, 2007.

당신의 목소리는 낮고 굵고 애절합니다.

극적이고 절제되어 있는 한편

중간중간 쉼표처럼 흐느낌이 끼어 있지요.

체념도 흥도, 쉼도 질주도 모두 들어 있는 소리입니다.

뱃고동 소리를 닮았어요.

裵 湖

(1942~1971)

To. 배호

당신의 목소리는 뱃고동 소리를 닮았어요

배호 선생님, 저는 선생님보다 나이가 많습니다. 당신이 죽은 나이에서 열 살은 더 많네요. 선생님은 서른이 안 되어 요절했고 전설이 되었고 여기저기에 목소리로 흩어져 남아 있습니다. 짧은 생애를 살고도 전설이 된 당신은 1980년에 태어난 제 귀에까지 도착했지요. 맨 처음 선생님의 목소리를 들은 건 늦은 밤 라디오에서였습니다. 당신이 떠난 나이와 비슷한 나이 때, 인생은 참 속절없이 흐르는 거라고 (건방진) 생각한 밤이었지요. 선생님이 부른 〈과거는 흘러갔다〉란 곡을 듣는데 마치 제 몸 전체로 소리가 침투해오는 것 같다고 느꼈습니다. 꽉 쥔 주먹 같은 얼굴을 하고, 눈물을 뚝뚝 흘렸다는 걸 누구에게도 말한 적이 없네요. 그 노래의 가사는 이렇습니다.

즐거웠던 그날이 올 수 있다면

아련히 떠오르는 과거로 돌아가서

지금의 내 심정을 전해보련만

아무리 뉘우쳐도 과거는 흘러갔다

글자로 적어놓으니 심상하게만 보이네요. 그렇지만 당신이 이 노래를 한 소절 부른다면, 부르기만 한다면 몸과 마음이 전복되어버리지요. '여운'이란 가수가 부른 버전도 있지만 아무래도 전 선생님이 부른 〈과거는 흘러갔다〉가 좋습니다. 과거란 돌이킬 수 없는 시간, 흘러간 강물이란 걸 선생님의 목소리를 통해 뼈에 새길 수 있거든요. 젊디젊은 서른 살 처녀애에게 통탄할 과거랄 게 뭐 있었을까, 누가 물어도 할말은 없습니다. 그저 선험적으로 몸에 새겨진 것, 우주에 떠도는 죽은 시간, 인류가 쌓아온 눈물과 회한, 오래 묵은 뉘우침 따위가 아팠던 것 같습니다.

뉘우침은 후회와는 결이 좀 다르지 않나요? 후회에는 격식, 자기연민, 옛날로부터의 거리 같은 게 있지만 뉘우침에는…… 뉘우침엔 꿇은 무릎, 눈물과 콧물, 그리고 아주 '가버린' 무엇이 있을 뿐입니다. 후회에는 약간의 기대(수정에 대한)가 남아 있을지 모르나 뉘우침엔 없지요. 뉘우침은 유다나 베드로에게 속한 것, 돌이킬 수 없는 것, 날아간 연기지요.

그 밤 저는 흐느껴 울었습니다. 눈을 비비며 울었습니다. 무엇 때문인지도 모르면서, 어찌할 수 없어 울었습니다. 눈물이여 눈물이여 내리는 눈물이여, 속삭이며 울었습니다. 그 밤으로부터 저는 당신의 팬이 되었지요.

당신의 목소리는 낮고 굵고 애절합니다. 극적이고 절제되어 있는 한편 중간중간 쉼표처럼 흐느낌이 끼어 있지요. 체념도 홍도, 쉼도 질주도 모두 들어 있는 소리입니다. 뱃고동 소리를 닮았어요. 사람들이 뱃고동 소리를 듣고 향수를 느낀다면 왜일까요? 뱃고동 소리엔 떠나가는 자의 뒷모습이 담겨 있기 때문일까요? 떠나가는 자와 남아 있는 자의 미련을 대변하듯, 길게 이어지기 때문일까요?

선생님, 노래를 잘한다는 게 뭘까요? 저는 음정과 박자를 정확히 맞춰 소리를 내는 '스킬'을 갖춘 것과 노래를 잘한다는 일은 별개라고 생각합니다. 전혀 다르지요. 결점이 없는 완전한 목소리로 노래를 부른다 해도 감흥이 없는 경우가 있지요. 노래를 잘한다는 건 몸에 든 감정과 생각이 소리를 빌려, 듣는 사람 쪽으로 얼마나 잘 '전달'되는가의 문제에 달려 있는 게 아닐까요? 마음이 이쪽에서 그쪽으로 건너가려면, 가기까지 많은 실패의 위험에 놓일 텐데요. 그 모든 실패의 위험을 무릅쓰고 간곡함으로 소리와 '같이' 갈 때, 듣는 이에게 무사히 전달될 때 전율이 일어나지요.

1968년 MBC 개국 7주년을 축하하는 자리로 마련된 '10대 가수 청백전' 기억하시나요? 당신은 청군 대표로 참가했습니다. 사회자는 코미디언 이기동 선생이었지요. 사회자가 막 들어온 축전을 읽어주는 대목이 흥미로웠습니다. 높은 자리에 있는 누구누구부터 원양어업 선단 일동까지, 축하의 메시지를 전보로 보내온 거예요. 우체국에 가 전보를 치고, 그 전보를 배달하고, 도착한 전보를 소개하기까지의 시간이 그려졌습니다. 놀라시겠지만 지금은 스마트폰 문자메시지가 있어, 시청자가 실시간으로 방송에 참여할 수 있답니다. 유튜브를 통해 직접 콘텐츠를 만들고 방송을 꾸려나가는 사람들도 많아요. 10대 가수 청백전에서 당신이 〈안개 속으로 가버린 사람〉〈누가 울어〉〈안녕〉을 메들리로 부르는 것도 유튜브로 보았는걸요.

지금 저는 〈안개 속으로 가버린 사람〉을 듣고 있습니다. 병색 탓인지 까무잡잡한 얼굴의 선생님 얼굴이 화면에 떠 있습니다. 1968년, 프랑스에선 68혁명이, 체코에선 프라하의 봄이, 베트남에선 전쟁이, 세계 곳곳에선 젊은이들이 반전과 평화를 부르짖던 때 당신은 병마와 싸우며 묵묵히 노래를 부르고 있었겠지요. 몇 년 지나지 않아 당신이 죽던 날까지, 선생님은 휠체어에 몸을 의지하면서까지 끝까지 노래를 부르다 가셨습니다. 1942년에서 1971년. 일제강점기, 대한 독립, 한국전쟁, 민주주의국가 수립 후 크고 작은 사건들까지. 당신은 격동의 시대를 겪으셨을 테지요. 고단함 속에서 하루하루를 버티며 살던 사람들에게 선생님의 노래는 힘이 되었으리라 생각합니다.

지금 한국은 다시 트로트 전성시대입니다. 여기저기에서 경연대회를 열어 신인 가수를 뽑고 많은 사람들이 프로그램을 시청하며 즐깁니다. 트로트 팬 층이 넓어지고, 노래를 따라부르며 일상의 시름을 잊는 사람이 늘어났어요. 우후죽순으로 생겨나는 오디션 프로그램에 피로한 감이 없지 않지만 노래로 마음을 달래는 일은 나쁘지 않은 것 같습니다.

저는 시를 쓰는 사람인데요, 노래가 시의 한 부분에서 떨어져나와 자력갱생으로 뻗어나간 장르가 아닌가 생각합니다. 물론 노래의 힘은 시보다 세지요. 그건 사실입니다. 사람들은 노래를 쉽게 소유하고 퍼트리고 향유하지요. 정치가들이 선전 도구로 노래를 사용하는 건 당연한 일입니다. 노래를 이길 수 있는 게 많지 않기 때문이지요. 알파벳이나 복잡한 역사 계보를 외울 때도 노래를 사용하면 쉬워지죠. 무엇보다 인생의 희로애락을 담아내는 데엔 노래만한 게 없습니다. 술을 마시며 한 자락, 친구들과 취해 길을 걸으며 한 자락, 혼자 앉은 밤 창밖을 내다보며 한 자락……

돌아가신 아버지는 취하면 최진희의 〈꼬마인형〉을 잘 불렀어요. 한 해의 끝자락엔 피아노에 앉아 〈Auld Lang Syne(그리운 옛날)〉을 반복해 연주했고요. 어릴 때 저는 조용필의 〈해변의 여인〉을 피아노로 연주하는 할머니의 발치에 앉아 놀았어요. 음악을 들으며 음악 가까이에서 놀았지요. 흐르는 게 노래인지 삶인지 구분이 안 가던 시절이었지요. 옛날에 살던, 내 사랑하는 사람들이 보고 싶을 때면 당신이 부른 〈과거는 흘러갔다〉를 들을 거예요. 부르다가 꽉 쥔 주먹 같은 얼굴로 조금 울지도 몰라요.

눈물, 노래, 강물. 흐르는 것들을 좋아합니다. 그곳의 시간도 아름답게 흐르길.

당신은 꼭 '사월'처럼 생겼어요.

사월의 해사함, 사월의 부드러움,

사월의 번짐, 피어남, 유약함, 빛남, 불완전함, 슬픔……

사월이 품은 많은 것이 당신 얼굴에 있어요.

그래서 당신은 사월에 떠났나요?

張國榮

(1956~2003)

To. 장국영

당신은 꼭 사월처럼 생겼어요

레슬리.

당신의 영어 이름을 부르는데 왼쪽 가슴 아래에 묵직한 통증이 느껴집니다. 슬픔이 몸에 막 도착했을 때, 물리적으로 느껴지는 몸의 통증. 이런 걸 뭐라 불러야 할까요?

몇 년 전 남편이 운전하는 차의 조수석에 앉아 있던 때가 생각나네요. 좋은 날씨였어요. 차창 틈으로 바람이 들어오고 바쁜 일은 없었지요. 꽃, 나무, 사람들을 구경하며 드라이브를 하는 중이었지요. 어쩌다 당신 이야기가 나왔는지 모르겠지만 제가 이렇게 말한 걸 기억해요.

"장국영이 죽었을 때, 내 어린 시절도 같이 죽었어. 지나갔구나 결국. 어린 나도, 어린 시간들도……"

열두 살 때부터 당신을 좋아했어요.

스물네 살 때 당신이 죽었지요.

두 문장으로 쓰고 나니 슬퍼지네요. 열두 살 때부터 꽤 오랫동안 당신이 나온 사진, 영화 브로마이드, 음반, 비디오테이프 등을 열심히 모았습니다. 당신은 제가 처음으로 열렬히 사랑한 스타였어요. 이후에도 당신만큼 좋아했던 스타는 없었지요.

학교가 끝나면 사촌 언니와 둘이서 당신이 출연한 영화를 보았습니다. 대여점에서 비디오테이프(그때는 모두 영화를 그렇게 보았지요!)를 빌려와 어느 날은 두 편, 세 편도 보았지요. 얼마나 재미있었던지! 어른들은 바빴고 우리는 시간이 많았으므로 비디오를 자주 빌려다 보았어요. 1980년대 후반부터 1990년대까지 홍콩 영화의 전성기였잖아요. 지금의 한류처럼 홍콩 연예인들의 인기가 하늘을 찌르던 시절이었지요. 주윤발, 유덕화, 알란탄의 인기도 대단했지만 저와 사촌 언니의 원픽은 언제나 당신이었습니다. 〈아비정전〉

〈영웅본색〉〈패왕별희〉〈해피투게더〉〈동사서독〉〈천녀유혼〉〈백발마녀전〉〈야반가성〉〈종횡사해〉〈성월동화〉〈연지구〉〈금지옥엽〉〈가유희사〉…… 그 많은 영화들! 제가 처음으로 당신에게 반한 건 〈H_2O〉라는 영화를 본 뒤였어요. 청바지에 티셔츠를 차려입은 앳된 당신이 미소 짓는 모습, 거기에 반하지 않을 도리가 있을까요. 그때 본 영화 중 어려운 작품들도 있었어요. 특히 〈패왕별희〉는 중국 현대사를 다루고 있어 난해한 부분이 있고, 러닝 타임도 길어 어려웠는데 한눈팔지 않고 끝까지 본 기억이 있네요.

레슬리. 저는 사람의 눈에서 영혼이 흘러나온다는 걸 당신의 눈을 보고 믿었습니다. 외모지상주의자는 아니지만 당신 얼굴에 대해 얘기하지 않을 수가 없겠어요. 당신 얼굴은 좀 놀라운 데가 있거든요. 단순히 잘생겼다고만 할 수 없는 무엇! 맞아요. 당신은 꼭 '사월'처럼 생겼어요. 사월의 해사함, 사월의 부드러움, 사월의 번짐, 피어남, 유약함, 빛남, 불완전함, 슬픔…… 사월이 품은 많은 것이 당신 얼굴에 있어요. 그래서 당신은 사월에 떠났나요?

편지를 쓰다 어릴 때 좋아했던 당신의 노래를 찾아 들어보았습니다. 〈위니종정為妳鍾情〉(당신은 동명의 카페를 운영한 적도 있죠?). 그

땐 가사의 뜻도 모른 채 음색이 그윽하고 애달파 좋아했는데요. 누가 해석해놓은 가사를 30년이나 지나서 보니 먹먹해집니다.

당신을 사랑해.

내 모든 걸 바칠 테니,

이 사랑을 소중히 간직해주세요.

이 노래가 한 사람에 대한 지극한 사랑을 고백하는 노래인 줄 늦게 알았지만 무슨 상관인가요. 저는 이미 당신의 목소리로 많은 부분을 이해했는걸요. 저는 이 노래를 '장국영의 고별 콘서트 실황'을 보다 알게 되었어요. 당시에 비디오테이프를 소장하고 있어 스무 번은 넘게 보았을 거예요. 은퇴를 선언하는 콘서트라서 슬픈 분위기가 있었지요. 마지막에 당신이 눈물을 보이고는, 관객에게 등을 돌려 걸어가는 장면에선 매번 울었어요. 끝난 줄 알았는데 한참 만에 다시 나온 당신이 검은 망토를 두른 채 부른 노래가 〈위니종정〉이었어요. 젖은 눈, 처연하고 그윽한 목소리…… 당신을 모르는 사람이 있다면, 꼭 한번 이 노래를 들어보라고 권하고 싶어요. 〈위니종정〉을 부르는 당신을 한번 보면 좋겠다고요.

한동안 어느 자리에서 당신 이야기가 나오면 이렇게 말했어요. "아름다운 배우였지. 참 좋아했는데." 거짓말은 아니지만 진실도 아니었지요. 그렇게밖에 말할 수 없던 까닭은 생각보다 제 마음이 크기도 했고, 당신을 좋아하는 사람이 워낙 많았기에 새삼스럽게 보일 거라 생각해서이기도 했어요. 상자에 당신 사진을 모으는 일에 몰두하던 열두 살 아이가 어른이 되는 동안, 어떤 시간이 흐른 걸까요. 어린 시절 사랑한 스타는 아이의 시절이자 세상을 이루게 되잖아요. 한때 당신이 제 세상이었어요.

레슬리. 언젠가 자신과 가장 닮은 캐릭터로 〈아비정전〉의 '아비'를 꼽은 적 있지요? 영화의 뒷부분에서 꼭 쥔 주먹을 흔들며 우거진 숲길을 성큼성큼 걸어가는 아비의 뒷모습이 나오잖아요. 그 장면을 정말 좋아해요. '슬픔으로 잔뜩 화가 난' 아비의 등, 배경음악으로 〈Always in my heart〉가 흐르고요. 사랑이 없어서 끝나는 게 아니라고, 돌아선 당신 등이 말하는 것 같았어요.

2003년 4월 1일, 세상에 등을 돌린 당신의 모습도 아비의 뒷모습과 다르지 않았을 거라 생각해요. 주먹을 꼭 쥐고 얼굴을 보이지 않겠다는 마음으로, 뒤도 보지 않고 떠났을 거라고 상상해요. 당신이 홀로 외로웠을 거라고 생각하면 슬퍼집니다. 목구멍에 커다란 복숭아 씨앗이 걸린 것처럼 힘드네요.

레슬리 당신 노래 중에 이런 가사 있죠?

"Will you remember me?"

〈아비정전〉에 흐르던 음악의 제목을 빌려 말할게요.

Always in my heart.

그리울 거예요. 오래,

당신은 엄살계의 대부답게

소란스러운 인생을 살다 가셨습니다.

여러 번의 자살 미수, 생활고,

지인에게 돈을 빌려달라고 울며불며 쓴 편지들,

괴로움에 대한 토로, 슬픔, 허덕임……

그러나 저는 당신이 쓴 문장 앞에서,

늘 당신 편이 되고 말아요.

太宰治

(1909~1948)

To. 다자이 오사무

엄살쟁이라고
문학에까지 엄살을 부린 건 아니었지요

올겨울 추위는 유난했습니다. 지난주엔 파주에 태풍만큼 강한 바람이 불어 앞으로 나아가는 일이 곤욕이었습니다. 몇 걸음 걷다 보이는 건물 안으로 들어가 숨고, 다시 몇 걸음 못 가 건물로 피신하기를 반복했습니다. 추위에 약한 저로서는 추위야말로 평생의 적이라 말하면 당신은 코웃음 치실까요? 제가 엄살이 많은 편이란 건 인정합니다. 덥고, 춥고, 무섭고, 아프고, 슬프고, 화나고, 괴롭고, 좋고, 싫은 것 앞에 '너무'를 붙이며 호들갑을 떠는 일이 많긴 하거든요. 저희 남편은 제 엄살에 학을 떼더군요. 때문에 제가 하는 걱정들, (이런저런) 통증, 신경쓰거나 두려워하는 일을 과소평가하는 경향이 있답니다. 누군가에겐 별일이 다른 누군가에겐 유난한 일이 되기 일쑤인 세상에서 살다보면 억울하기도 해서, 이렇게 항변한 적도 있지요.

"아니, 모든 게 다 괜찮을 것 같으면 내가 글은 왜 쓰고 시는 어떻게 쓰겠어?"

다자이 선생님, 엄살쟁이는 엄살쟁이를 한눈에 알아보는 법. 선생님은 '엄살계의 대부'가 아니던가요?

당신은 엄살계의 대부답게 소란스러운 인생을 살다 가셨습니다. 여러 번의 자살 미수, 생활고, 지인에게 돈을 빌려달라고 울며 불며 쓴 편지들, 괴로움에 대한 토로, 슬픔, 허덕임…… 그러나 저는 당신이 쓴 다음과 같은 문장 앞에서, 늘 당신 편이 되고 말아요.

> 행복은 하루 늦게 온다.
>
> 무서운 건 부채질에 넘어가지 않는 사람. 비 내리는 항구.
>
> 누가 그러더군요. 저의 나쁜 점은 '현재보다 과장되게 비명을 지르는 것'이라고. 고뇌가 깊을수록 존귀하다는 건 틀렸다고 생각합니다. 전, 몸치장한 적은 있지만, 현재의 비참함을 과장해서 이러쿵저러쿵 한 적은 없습니다. 자존심을 위해 글을 쓴 적은 없습니다. 누구 한 사람이라도 행복하게 하고 싶었을 뿐입니다.
>
> —1936년 9월 19일 편지 중에서*

엄살이란 오지 않은 사태를 예감하는 능력입니다. 이곳으로 오고 있는 슬픔과 고통, 위험을 미리 겪고 벌벌 떠는 일입니다. 엄살이란 감정이입의 극치를 경험하는 일, 미래를 미리 겪는 일, 내 장례를 미리 치르는 일, 오감이 아니라 십이감 쯤 발달하여 예민한 더듬이로 평생을 사는 일이지요! 바람에 흔들리는 사시나무 이파리들 한 잎 한잎의 영혼을 느끼는 일입니다. 엄살에 일가견이 있는 자로서 저는 당신이 말한 의미를 잘 알고 있습니다. 하루 늦게 오는 행복이여. 부채질에 넘어가지 않는 무서운 사람이여. 자극에 대한 역치가 높은 사람들이여! 한탄할 만하지요. 어떤 예술가가 피 한 방울에서 장미를, 눈물 한 방울에서 바다를 찾는다 한들 그걸 유난하다고만 할 수는 없는 일 아닌가요. '과장과 비약'까지가 우리 일이니까요.

한때 일본 문학에 심취했던 적이 있습니다. 대학 2, 3학년 때였을 거예요. 도서관에 들어서면 행복했습니다. 고요하고 풍성한 식탁이 제 앞에 차려져 있다고 상상했습니다. 저는 늘 허기졌어요. 양서를 양껏 읽고 성장하고 싶었지요. 앞서 태어난 훌륭한 작가들이 꼭 저를 위해서 이 많은 책을 써놓은 것 같았지요. 일제강점기 때 우리나라 작가들이 공부를 위해 일본으로 많이 유학을 갔다고 알고 있는데, 그 시기 우리 작가들이 어떤 작품을 읽고 영향을 받았을까 궁금했습니다. 일본 현대문학을 뒤지며 '제 작가'를 발굴하는 작업에 몰두했지요. (이런 작업으로 취향이란 게 생기지요!) 아쿠타가와 류노스케, 가와바타 야스나리, 미시마 유키오, 오에 겐자부로, 무라카미 하루키까지 즐거이 읽었지요. 물론 다자이 오사무, 당신을 발굴한 것은 의미 있는 일 중 하나였지요.

미시마 유키오가 이렇게 말한 적이 있다지요? 다자이가 고민하는 일은 냉수마찰이나 맨손체조 몇 번이면 사라질 일이라고요. 당신은 그에 대해, 나도 냉수마찰이나 맨손체조를 안 해본 건 아니라며 대거리하는 글을 쓰기도 했고요. 두 사람의 다른 성미, 다른 태도, 글로 티격을 벌이는 상황이 재밌었습니다.

죄송한 말씀이지만, 예전에 저는 미시마 유키오의 문학을 더 좋아했어요. 당신이 쓰는 글보다 뭔가 무게가 있어 뵈고 폼이 난다 생각했던 것 같아요. 그런데 웬일인지 나이가 들수록 당신의 글이 더 좋아지더군요. 소설은 '사는 데 서투른 인간이 고군분투하는 이야기'를 다루는 분야 아닌가요. 작가의 중요한 임무 중 하나가 '쓸쓸한 자들의 목소리를 진실하게 담아 보여주는 일'이라면 그걸 제일 잘한

건 당신입니다.

요새 저는 한 문학잡지에 소설을 연재하고 있습니다. 종종 두려움을 느껴요. 외부의 시선, 소설의 완성도, 플롯의 탄탄함…… 이런 걸 따져 생각하면 도무지 글의 진도가 나가지 않더군요. 그럴 때 선생님의 이 문장을 읽으면 도움이 됩니다.

> 설령 작품 구성이 무너지고 엉망진창이라는 비평가들의 욕을 들어도, 작자의 의도는 목이 쉬거나 힘이 빠져도 계속해서 주장해야 하는 것이었습니다.
>
> —1933년 3월 1일 편지 중에서*

목이 쉬거나 힘이 빠져도 쓰고자 한 것을 쓸 것. 외부의 시선을 두려워하지 말 것. 다짐합니다. 문학에 대한 당신의 열정이 얼마나 대단했는지 알아요. 한 소설을 쉰 번 이상 고쳐 썼다고 고백하기도 하셨지요. 엄살쟁이라고 문학에까지 엄살을 부린 건 아니었지요. 선생님의 마지막 소설이 된 『사양』을 역작으로 만들고 싶다는 포부, 그 포부는 이루어졌습니다. 아주 많은 사람이 선생님의 소설을 사랑한답니다.

벌써 입춘입니다. 1월 중 며칠, 기온이 영상 10도까지 오른 적 있었는데 성미 급한 개구리들이 철을 모르고 그만 겨울잠에서 깨어났다고 하더군요. 그후 불어닥칠 혹한은 까맣게 모르고요. 그때 깨어난 개구리들이 걱정되네요. 죽었을까요? 죽었다 해도 운명이겠지만, 모든 개구리들이 꼭 경칩에 맞춰 착착착 깨어나야 하는 건 아니겠지요. 모르고 깨어나 죽었을 개구리, 모르고 태어나 고단한 우리. 마음이 갑니다. 철모르는 엄살쟁이들에게.

생이 오롯이 한 사람의 것이 아니고 죽음이 오직 죽은 자의 것이 아니라면, 당신을 죽게 한 게 세상 탓이 아니라고 어찌 말할 수 있을까요.

입춘에 눈 내리네요. 봄을 마중하는 것으로 눈만한 게 없지요. 쌓이는 눈을 보며 당신의 분투를 생각하겠습니다.

* 다자이 오사무, 『다자이 오사무 서한집』, 정수윤 옮김, 읻다, 2020.

시집을 펼치면 책날개에 선생님 사진이 나오는데요.

그 사진을 보다 알았습니다.

다양한 얼굴형 중에 '눈물형' 얼굴도 있다는 걸요.

새초롬하니, 금방이라도 떨어질 것 같은

눈물 모양을 하고 계시니!

누가 울보 아니랄까봐 얼굴까지 눈물을 닮으셨나요?

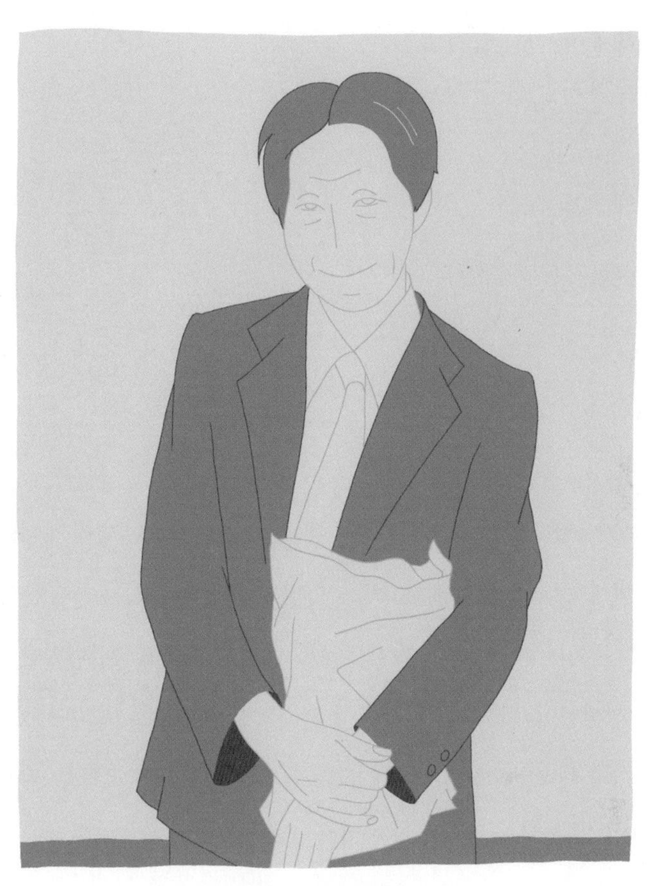

朴龍來

(1925~1980)

To. 박용래

누가 울보 아니랄까봐
얼굴까지 눈물을 닮으셨나요?

봄기운을 시샘하듯 눈이 내렸는데요. 오늘 나가보니 볕에서 제법 봄 냄새가 나고, 음지에 남았던 눈마저 싹 녹았더군요. 산책길엔 봄싹들 돋아난 나뭇가지도 발견했어요. 탄성을 지르며 야단이었습니다. 선생님이라면 연두 싹 앞에서 눈물을 흘리셨을라나요. "어디 있다 이제 나타난 겨, 이 가엾은 것들아. 잉?" 하셨을지 모르죠. 작가 이문구는 울지 않은 선생님을 거의 보지 못했다며 선생님을 눈물의 시인이라 칭했지요.

선생님은 가엾고 무구한 존재들에게 갸륵한 마음을 품었지요. 자기 연민으로 운 게 아니라, 태어난 존재의 쓸쓸함을 보듬으며 흘린 눈물이라 생각합니다. 시집을 펼치면 책날개에 선생님 사진이 나오는데요. 그 사진을 보다 알았습니다. 다양한 얼굴형—동그란 형, 계란형, 넓적한 형, 네모난 형, 역삼각형, 마름모형—중에 '눈물형' 얼굴도 있다는 걸요. 그 많은 모양 중 당신은 꼭 눈물 모양을 닮았다니까요! 새초롬하니, 금방이라도 떨어질 것 같은 눈물 모양을 하고 계시니! 누가 울보 아니랄까봐 얼굴까지 눈물을 닮으셨나요? (까부는 걸 용서하세요.)

울 때 우리에겐 어떤 일이 벌어지나요? 감정의 막에 균열이 생기고 보송하니 말라 있던 영혼에 물기가 차오르죠. 눈물의 첫 도착지는 코입니다. 코가 시큰해지는 일은 출발을 위해 엔진에 시동을 거는 일과 같아요. 흔히 우리가 눈빛이라 하는, '눈에 빛이 서리는 일'은 눈이 액체에 가깝다고 상상하게 하지요. 그러니 눈을 얼굴에 난 두 개의 작은 연못이라 생각해도 좋지요. 간혹 그 연못이 홍수로 넘치는 일은 '우는 일'이고요. 코에 도착한 눈물은 곧바로 눈으로 달려갑니다. 방수 능력이 좋은 피부에서 미끄럼을 타고 활개치죠. 콧물과 눈물은 세트로 다녀요. 얼굴 전체에 열이 오릅니다. 눈, 코, 입이 차례로 부풀어오르고 몸과 마음은 기세가 꺾여 순해지고, 자꾸 하품이 납니다. 울다 잠든 사람은 깨고 나서 영혼 몇 그램이 휘발된 듯, 존재의 어딘가가 가벼워졌다고 느낍니다. 독기가 빠진 느낌이죠.

눈물은 고통의 덩치를 분쇄하고(사라지게 하진 못하지만), 마음의 때를 씻기는 게 분명해요. 많이 우는 사람은 내면이 깨끗한 사람이라고 저는 믿어요.

문득 싱거운 상상을 해봅니다. 책값에 '눈물 비용'을 매긴다면, 그러니까 작가가 글을 쓴 기간 동안 흘린 눈물의 비용을 지불해야 하는 법이 생긴다면? 선생님 시집엔 비싼 값이 매겨질 테고, 선생님은 돈방석에 앉을 수도 있었겠지요! 돈 욕심을 내는 작가들은 너도나도 글을 쓰기 전에 허벅지를 꼬집거나 하품을 해대고, 키보드를 두드리는 소리는 통곡소리와 세트로 들리는 경우가 허다할지 모르죠. 눈물이 값이 나간다면야 그렇지 않겠어요? 혼자 상상으로 멀리 갔네요. 이런 상상을 하는 이유는 이 시대가 눈물값을 너무 박하게 매긴다고 생각하기 때문이에요. 매스컴이나 SNS를 보면 알 수 있듯, 사람들은 대체로 가볍고 즐거운 것을 좋아하지요. 쿨한 것, 재밌는 것, '인싸'들의 언행을 높이 치고요. 그렇지만 누군가는 눈물의 가치를 알고 있다고 생각해요.

오래전부터 저는 스스로 '박용래 계열'의 시인이라고 생각했어요. 굳이 계열을 나눈다면 말이지요. 저 또한 어디 가서 지지 않을 정도로 잘 울던 사람이었거든요. 울기 시작하면 한두 시간은 우습게 울었죠. 그 무렵『소란』이란 첫 산문집을 냈는데, 몇몇 독자께 사랑을 많이 받았어요. 그분들이 부족한 제 책을 좋아해준 이유를 몰랐는데, 편지를 쓰는 도중에 깨달았어요. 그 책 곳곳에 눈물이 샘처럼 고여 있어서 그런 것 같아요. '눈물 비용'을 알아봐준 분들이 계시는 거죠. 울고 난 뒤 가벼운 몸과 마음으로 쓴 이야기들을요.

물론 선생님의 눈물은 제 눈물과 차원이 다릅니다. 선생님의 시를 보세요. 쓸데없는 말은 한마디도 허용하지 않는 결백한 자세, 극치만을 다루는 미감. 싸구려 감상은 어디에도 없어요. 선생님 시를 읽을 때마다 생각합니다. 눈물 뒤에 오는 것, 그것이 당신에겐 정갈한 시 몇 편이었겠구나. 소금 몇 알처럼 남는 투명한 시들.

한때 나는 한 봉지 솜과자였다가
한때 나는 한 봉지 붕어빵였다가
한때 나는 좌판에 던져진 햇살였다가
중국집 처마밑 조롱 속의 새였다가
먼 먼 윤회 끝
이제는 돌아와

오류동의 동전.

—「오류동의 동전」 전문*

저와 남편은 성격도 다르고 독서 취향도 다른데, 언제나 '박용래'에서 합의(?)를 봅니다.

"거 참 좋다. 그치? 박용래는 진짜야. 이렇게 쓸 수도, 이렇게 살 수도 없지. 귀하고 귀해."

아름다운 합일을 이루지요. 선생님은 하필 또 과작이어서, 시 전집이라고 해도 엄지손톱 두께나 겨우 될 만한 시집 한 권을 남기셨지요. (그래서 더 귀합니다!) 집필한 다른 책이 있는 것도 아니어서 저희 부부는 선생님 시집을 읽고 또 읽습니다. 안 보이면 찾아 나서느라 난리입니다. 제 책상 아니면 남편 책상 근처에서 꼭 발견되지요. 책이 산더미처럼 쌓인 저희 집에서 늘 특권을 누리는 시인은 당신입니다. 늘 선생님 시집을 곁에 둔다는 말예요.

이 편지를 작은 카페에서 쓰고 있는데요. 카페 화장실 세면대에 이런 글귀가 붙어 있네요. "수도에서 나오는 물은 저희의 눈물이에요. 꼭 잠가주세요. 저희가 눈물 흘리지 않게 해주세요!" 눈물 얘길 하는 중에 이런 문장을 보다니 신기하네요.

선생님. 그곳에선 부디 눈물을 덜 흘리시길 바랄게요. 물론 참지는 마세요. 울고 싶을 땐 실컷 우세요. 그다음 '눈물의 기미'만 살포시 남은, 시를 써주세요. 저도 노력하겠습니다.

---

* 박용래, 『먼 바다』, 창작과비평사, 1984.

작가의 말을
대신하며

장석주 시인에게

당신과 각자 다른 방에서

같은 이름을 부르던 시간은 즐거웠습니다.

우리는 취향도 생각도 열렬히 다른데

웬일인지 이 열여덟 명의 예술가 앞에서는

마음이 하나로 포개졌지요.

현재 속에 영원을 쌓으며 사는 동안,

당신과 이 편지를 함께 쓴 시간을 내내 아끼겠습니다.

죽어도 죽지 않는 사람들이 이토록 많네요

날이 좋습니다.

파주는 사계절이 고루 아름답지만 저는 여름과 가을이 특히 좋아요.

여름 파주는 물결치는 초록 짐승(나무!)들을 바라보기 좋고

가을 파주는 떨어질 일은 모른 채 함부로 물든 이파리들을 어여삐 여기기에 좋지요.

나무가 보여주는 침착한 변화, 어지러운 질서,

고요한 수런거림에 놀라는 일은 지루한 적이 없네요.

지금은 가을의 시작점을 돌아 한복판으로 나아가는 시간.

걷기에도 벤치에 앉기에도 좋은 계절입니다.

어제 우리는 출판단지를 산책하다 계수나무 잎이 물든 걸 보았지요.

계수나무는 잎이 아름답다, 이렇게 물들기 시작한 계수나무는 처음 보네,

이야기를 주고받으며 잠시 서 있었잖아요.

계수나무 잎은 하트가 되고 싶은 동그라미처럼 보이죠.

하트가 될 수도 되지 못할 수도 있겠지만

중요한 건 우선 하트가 '되고 싶은' 마음이 아닐까요.

되고 싶은 것.

하고 싶은 것.

이 둘의 차이를 구분하지 않고 돌연 깊어지는 일이 예술가의 일일까요?

이 책에서 우리는 열여덟 명의 예술가에게 편지를 썼습니다.

처음부터 작정한 건 아니었지만 쓰다보니

우리가 불러낸 예술가들이 죄다 죽은 사람이었지요.

그렇다면 계속 죽은 예술가들에게 말을 걸어보자고,

그들의 이름을 다시 불러보자고 우리는 의견을 모았습니다.

사실 저는 죽은 이들과 자주 대화를 합니다.

죽은 이는 말이 없다지만 우리의 상상 속에선 얘기가 다르지요.

죽은 이를 호명하고 그에게 이런저런 질문을 하다보면

그가 할 대답까지 제가 하고 있을 때가 있어요,

아주 자연스럽게.

그의 얼굴, 목소리, 자세를 떠올리며

마치 그 사람이 된 듯 생각하고 말하죠.

그가 살아 있다면 불가능한 일입니다.

죽은 자이기에 대답을 들을 수 없고,

오가는 대화를 만들어내는 절박함이 생기죠.

바로 그 절박함 때문에 저는 그가 될 수 있어요.

죽은 이와의 대화가 더 진실할 수 있다고 생각해요.

여러 겹으로 이루어진 그의 속을 헤아려보게 되지요.

죽은 이와의 대화는 우리를 놀라운 국면으로 데려갈 수 있다고 믿습니다.

편지를 쓰다보니 그들이 더는 존재하지 않는다고 생각하기 어려웠어요.

당신도 알다시피 그들은 도처에 있잖아요.

그림, 노래, 책, 건축물, 영화, 시로 존재하죠.

그들은 아무 곳에서나 새로 태어납니다.

그들을 생각하고, 제2 창작물을 제작하고, 추억하는 사람들 속에서 태어나지요.

도무지 죽지를 않는 사람들.

계속 태어나는 사람들.

새 예술가를 탄생하게 만드는 존재들!

오늘 비트겐슈타인의 책을 읽다 이런 문장을 발견했어요.

> 만약 우리가 영원을 시간의 무한한 지속이 아니라 무시간성으로 이해한다면, 현재 속에 사는 사람은 영원히 사는 것이다. 우리의 시야에 한계가 없는 것처럼 우리의 삶에는 끝이 없다.*

놀라운 인식입니다.

우리가 불러낸 예술가들이야말로 "현재 속에 사는" 사람, "영원히 사는" 존재인 거죠.

죽음은 개념이지 체험이 아니니까요.

우리가 끝내 이해할 수 없는 개념!

죽어도 죽지 않는 사람들이 이토록 많네요.

쓰는 동안은 제가 그들의 친구라고 느꼈어요.

많은 경험과 추억을 나눈 사이인 듯 느꼈죠.

존 버거와 김소월에게 편지를 쓸 땐

그들과 나란히 앉아 대화를 나누고 있다고 실감하며,

자연스럽고 편안한 마음으로 편지를 쓴 기억이 납니다.

니진스키에게 편지를 쓸 때는 가슴이 찢길 듯(말 그대로!) 아팠는데,

다시 읽어도 아프더군요.

그의 미친 재능과 지독한 불행, 그 사이에 끼어 납작해졌을

그의 영혼이 떠올랐지요.

박용래 시인에게는 울보를 놀리는 마음으로 장난을 담아 썼지요.

부디 하늘에서 그가 노여워하지 않기를.

당신과 각자 다른 방에서 같은 이름을 부르던 시간은 즐거웠습니다.

우리는 취향도 생각도 열렬히 다른데

웬일인지 이 열여덟 명의 예술가 앞에서는 마음이 하나로 포개졌지요.

당신과 함께 그들을 추억하는 시간을 가질 수 있어 좋았어요.

우리보다 앞서 태어나

존재를 남김없이 사용하고 떠난 예술가들에게 경의를!

현재 속에 영원을 쌓으며 사는 동안,

당신과 이 편지를 함께 쓴 시간을 내내 아끼겠습니다.

파주,

가을,

연준.

---

* 루트비히 비트겐슈타인, 『비트겐슈타인의 인생 노트』, 이윤 옮김, 필로소픽, 2015.

계속 태어나는 당신에게

계속 태어나는
당신에게

초판 1쇄 발행 2022년 12월 10일
초판 2쇄 발행 2022년 12월 24일

지은이 박연준 · 장석주
펴낸이 김민정
책임편집 권현승
편집 유성원 김동휘
디자인 한혜진
그림 변웅필
마케팅 정민호 이숙재 김도윤 한민아 정진아 이민경 정유선 김수인
브랜딩 함유지 함근아 김희숙 고보미 박민재 박진희 정승민
제작 강신은 김동욱 임현식
제작처 한영문화사

펴낸곳 (주)난다
출판등록 2016년 8월 25일 제406-2016-000108호
주소 10881 경기도 파주시 회동길 210
전자우편 nandatoogo@gmail.com **페이스북** @nandaisart **인스타그램** @nandaisart
문의전화 031-955-8853(편집) 031-955-2696(마케팅) 031-955-8855(팩스)

ISBN 979-11-91859-38-6 03810

계속 태어나는 당신에게

두 시인이
한 예술가에게
보내는 편지

장석주 지음

ㄴㄴㄴ〉〈ㄷㄴ

차례

작가의 말을 대신하며

당신들께 쓴 이 편지들을 차마 폐기하지 못하고
책으로 펴내는 것은
생의 덧없음 때문만은 아닐 겁니다.

엉뚱하고 익살스러운 사티,

카바레에서 피아노를 치고

몽마르트 술집들을 순례하던 술꾼 사티,

신비주의자 사티, 고독하고 가난한 사티……

당신을 만난 적이 없는 내게 당신은 언제나 12월의 사티였어요.

"나는 너무 낡은 시대에 너무 젊게 이 세상에 왔다"는 말로

나를 놀라게 한 당신.

Érik Alfred Leslie Satie

(1866~1925)

To. 에릭 사티

나는 아주 가끔씩만 당신의 음악을 듣습니다

음악이 없는 삶은 상상하지 못합니다. 그런 실낙원의 삶은 상상조차 하고 싶지 않아요. 음악은 나의 불꽃 애인! 숱한 전위 예술가에게 영감을 준 천재 작곡가 에릭 사티! 내가 목수의 아들로 태어나 주차 안내원이나 방향제 영업사원이 되지 않고, 동사와 명사를 주로 쓰되 부사와 형용사에는 인색한 시를 썼다면, 당신은 해운 중개업자의 아들로 태어나 도보 여행자나 극지 탐험가는 되지 않은 채 생애 대부분을 피아노를 치고 작곡을 하며 살았지요. 당신이 기숙학교의 외로운 소년이었다면 나는 실업계 고등학교의 외톨이였습니다. 우리는 고독 속에서 온전한 사람들이었지요. 고독이라는 궁극의 진리 속에서 기쁨은 충분했습니다. 우리는 채석장 근처에서 산 적은 없지만 자기 자신으로 충분했다는 점에서 어쩌지 이란성 쌍둥

이처럼 꽤나 닮았어요.

당신이 죽은 지 백 년이 다가오고 있습니다. 엉뚱하고 익살스러운 사티, 카바레에서 피아노를 치고 몽마르트 술집들을 순례하던 술꾼 사티, 신비주의자 사티, 고독하고 가난한 사티…… 당신을 만난 적이 없는 내게 당신은 언제나 12월의 사티였어요. "나는 너무 낡은 시대에 너무 젊게 이 세상에 왔다"는 말로 나를 놀라게 한 음악가, 당신은 과도한 음주가 원인이 된 간경화로 성 요셉 병원에서 아내도 아이도 없이 쓸쓸한 죽음을 맞았습니다. 봉두난발에 펠트 모자, 코에 작고 동그란 안경을 걸친 기묘한 모습으로 파리 몽마르트 일대를 취한 채 돌아다녔다는 당신을 그저 상상 속에서만 그려볼 수 있습니다.

지금 여기는 겨울입니다. 우울입니다. 동천冬天에 빗금을 그으며 나는 쇠기러기떼 찬 서리 묻은 발처럼 내 영혼이 식은 적은 없습니다만 겨울의 우리는 가난하고 쓸쓸합니다. 우리는 진흙으로 빚은 듯 겨울 저녁이 올 때 갓길의 불행을 껴안고 영원히 떠돌겠지요. 여기에 천 송이의 장미, 상냥한 유모, 화초를 키우는 소녀, 오류가 없는 삶, 홍옥紅玉인 듯 빛나는 기쁨, 잘 익은 토마토, 아침식사, 모닥불,

따스한 배춧국, 당나귀 방울 소리가 들리는 작은 식당, 멀쩡한 영혼은 없습니다. 살을 에는 찬바람이 방랑자같이 떠도는 동아시아의 겨울에는 어쩐지 "이가 아픈 꾀꼬리같이"* 어느 한구석에 불편을 지닌 영혼들뿐이지요. 이 불만과 불편의 겨울을 나기 위한 양식으로 당신의 음악을 찾아냅니다.

당신은 노르망디 옹플뢰르라는 작은 도시에서 태어나 불과 여섯 살 때 어머니를 잃고 외롭고 반항적이고 게으른 청소년기를 보냈습니다. 아버지가 새 아내를 맞자 열세 살인 당신은 혼자 파리로 나와 파리 음악원에 들어갑니다. 음악원에서 피아노 운지법과 화성학을 공부했겠지요. 친구 한 명도 없이 국립도서관을 드나들며 플로베르 소설을 탐독하고, 바흐, 쇼팽, 슈만의 음악에 심취했다는 당신의 내면생활에 대해서는 아는 바가 없습니다. 당신은 심오한 독창성을 발휘한 음악 말고 무엇을 잘했나요? 노동과 여가시간은 충분했나요? 당신의 식성은 까다로웠나요?

당신은 불행하고 고독했나요? 차가운 겨울 저녁 파리의 카바레와 술집을 전전한 것은 그 불행과 고독을 달래기 위함이었나요? 고독은 고독으로만 극복할 수 있고, 불행은 불행에 대한 내구력을 키움

으로써만 벗어날 수 있어요. 감히 당신이 겪은 고독의 깊이, 불행의 상처를 안다고 말할 수는 없습니다.

당신은 파리 교외 3층 건물에 마련한 거처에서 27년을 살았어요. 당신의 방을 찾은 사람은 단 한 명도 없었지요. 고장난 피아노 한 대와 방치된 잡동사니로 가득찬 먼지들의 방에서 가난했습니다. 그 방은 당신만의 고독한 영지領地였겠지요. 아마 당신은 "커다란 녹색 눈을 가진 소녀처럼" 찾아온 가난과 고독을 기꺼이 벗으로 품었겠지요. 한때 당신은 '가난씨!'라고 불리기도 했지요.

고독이란 무엇인가요? 고독이란 도피와 일탈의 한 형식, 칩거를 통해 궁극의 안녕을 누리겠다는 굳은 의지의 표현, 혹은 개인이 세계를 향해 저항하는 한 방식이겠지요. 하지만 〈한 마리 개를 위한 물렁물렁한 진짜 전주곡〉 같은 음악을 작곡하려고 기꺼이 고독을 받아들이거나, 잉크가 아니라 피를 찍어 단 한 편의 시를 쓰려고 고투하고 멸종 직전의 생물 종처럼 살며, 고독을 궁극의 승리로 여기는 이들은 더는 존재하지 않아요. 고독이란 천재 예술가들의 내실內室 같은 것이지요. 지구 위의 아주 작은 방! 어둡고 음습한 방, 몸을 벌레처럼 둥글게 말고 웅크려 숨을 수 있는 방, 그렇습니다. 예술가

들에겐 제 예술을 빚을 그런 창조의 방이 필요한 법이지요. 당신은 그 무인도처럼 황량한 방에서 27년 동안 벌레처럼 살며 생계를 위해 샹송을 작곡하거나 실험적인 음악을 빚었지요. 오늘은 당신의 선물 같은 〈사라방드〉 〈짐노페디〉 〈그노시엔느〉 같은 곡을 듣겠습니다. 나는 아주 가끔씩만 당신의 음악을 듣습니다.

작곡가이자 피아노 연주자였던 당신에게 피아노는 무엇이었나요? 불안과 고독 속에서 홀로 표류할 때 피아노는 당신의 구명보트 같은 것이었나요? 피아노가 소리의 정기精氣를 불러내는 마법의 도구라면 연주자란 악보의 음표에 생명을 불어넣는 사람이겠지요. "제발 내 음악에 집중하지 말아달라"고 당신은 말했습니다. 웃고 떠들면서도 음악은 즐길 수 있어, 라고 말한 것이지요. 음악은 스미며 즐거움을 주는 마법 같은 것이겠지요. 손가락 끝에 힘주어 피아노 건반을 깊이 누릅니다. '건반 위의 철학자'라는 별명을 가진 러셀 셔먼은 "손가락 끝은 건반에 달라붙고, 어루만지고, 탐식하고, 뛰놀고, 내리누르고 꿰뚫어야 한다"**고 말합니다. 애인의 쇄골을 쓰다듬듯이 부드럽게. 혹은 한숨을 내쉬듯이 가볍게, 혹은 고요 속으로 물방울 하나가 떨어지는 소리를 벼락인 듯 민감하게. 혹은 바위를 뚫으려는 듯한 매미의 울음처럼 그악스럽고 힘차게. 손가락이 건반을

터치할 때마다 그 반동과 탄력을 받아내며 피아노는 소리를 냅니다. 경쾌하거나 둔중한 피아노 소리가 공간을 채웁니다.

냉기와 밤을 견디며 기어코 살아낸 생이란 건 저 너머로의 발걸음! 당신이 그랬듯이 혼자인 건 나의 존재 방식! 내가 아닌 것은 내가 아닌 거고, 우리는 저마다 자기로 돌아가는 중입니다. 내가 그러한 사람이라는 것. 혼자일 때만 내가 원치 않는 그 무엇이 되지 않고, 오롯하게 나로 존재하는 것이겠지요. 당신 영혼의 유적지였던 파리 근교의 작은 방을 떠올립니다. 그 방에 누구도 들이지 않고 몽상가로 혼자 살 때 당신은 아직 도착하지 않은 음악의 미래였어요. 오늘밤은 당신의 음악과 자발적 고독을 기리기 위해 동편 하늘을 덮는 검은 구름 같은 시를 쓰겠습니다.

---

* 피아노 소품집, 〈바싹 마른 태아Embryons Desséchés〉에 사티가 적어두었던 연주 노트.
** 러셀 셔먼, 『피아노 이야기』, 김용주 옮김, 은행나무, 2020.

당신이 덧없는 인생에서 깨달은 것은

"시간과 사랑을 붙잡으려고 애쓰지 말아야 하듯이,

태양도 인생도 붙잡으려고 애쓰지 말아야 한다"는 것!

누가 시간과 사랑을 붙잡을 수 있을까요?

그것은 누구도 불가능한 일입니다.

하지만 그 붙잡을 수 없는 것을 붙잡으려고 애쓰다가

우리는 한 생을 다 보냅니다.

Françoise Sagan

(1935~2004)

To. 프랑수아즈 사강

“남에게 피해를 주지 않는 한 나는 나를 파괴할 권리가 있다”

인생의 무게란 얼마나 될까요? 그 무게는 골루아즈 담배 한 대의 위안, 혹은 아침식사를 대신한 블랙커피 한잔의 따스함과 맞먹지 않을까요? 당신은 인생의 통속들, 혹은 생에의 파릇한 의지와 열망을 좀먹는 회색빛 환멸과 피로감에 진저리치며 거기서 도망가려고 자기 파괴에 골몰했을까요? 코카인 흡입과 소지로 기소되어 법정에 선 당신이 한 명언, “남에게 피해를 주지 않는 한 나는 나를 파괴할 권리가 있다”는 말에 나는 압도되었지요. 당신이 삶을 망가뜨리는 데 그토록 열심이었던 것은 자기 생에 대한 권리 행사였던 셈이지요.

프랑수아즈 사강, 당신은 종일 독서와 글쓰기에 몰입하던 소녀였지요. 10대 후반에 카페와 클럽을 드나들고, 흡연과 알코올, 마약을

경험하지요. 소르본 대학 입시에 낙방한 뒤 파리의 한 방에 틀어박혀 써낸 첫 소설로 문단에 입성한 당신은 조숙한 천재였지요. 누군가는 당신이 '병적인 허기증 환자'였다고 말합니다. 그 허기증을 채울 수단으로 약물, 알코올, 속도, 우정, 도박 따위가 절대로 필요했다는 거죠. 당신은 코카인, 위스키, 쿨 담배, 독서, 글쓰기, 친구들, 카지노, 과도한 속도 등에 중독되었어요. 누군가는 당신이 '존재론적 약물중독증'이라고 말했어요. 당신은 밋밋한 삶이 아니라 온몸의 신경세포가 각성된 상태로 열락을 좇았던 것이지요.

당신의 본명은 프랑수아즈 쿠아레. '사강'이란 필명은 프루스트의 한 소설에서 빌려온 것이었지요. 필명은 민낯을 숨기기에 좋은, 면책을 위한 완벽한 알리바이를 만드는 가면이지요. 아버지 피에르 쿠아레는 프랑스 소도시에서 사업을 하는 부르주아였지요. 당신은 유복한 청소년기를 보내며 14세 때 앙드레 지드의 『지상의 양식』을 접하고, 랭보의 시, 알베르 카뮈와 프루스트의 소설에 빠져 문학의 길로 들어섰지요. 당신의 조숙함은 엄청난 독서량, 자기 파괴에의 열망, 방종에 가까운 자유, 쾌락에의 탐닉…… 등으로 드러났어요. 당신은 문학, 그 무모하고 덧없는 것에 맹렬했어요. 이 맹렬함은 어디에서 비롯되는 걸까요? 그것은 운명이었을까요?

당신의 인생에서 18세의 여름은 결코 잊을 수 없겠지요. 당신은 아침에 일어나 복숭아를 먹고, 오전 바다에 나가 해수욕을 하고, 오후 2시에는 안락의자나 소파에서 평생에 걸친 취미였던 독서에 몰두하고, 저녁이면 친구들과 룰렛 게임을 하며 보냈지요. 잔혹할 만큼 명석하고 제멋대로인 당신은 바닷가 휴양지의 아파트에서 무료함을 견디려고 비키니 수영복을 입은 채 탐욕스럽게 책을 읽어치웠지요. 당신은 스탕달을 독파하고, 플로베르, 포크너, 헤밍웨이, 카뮈, 피츠제럴드, 앙드레 지드, 마르셀 프루스트 등에 열광했지요. 당신은 놀라운 조숙함으로 "글을 쓰는 행복, 유희의 실행"이 뭔지를 알아차렸던 것이지요.

파리로 돌아온 늦여름 어느 날, 소르본 대학에서 만난 친구에게 고백합니다. "나 말이야, 얼마 전에 장편소설 한 편을 끝마쳤어." 18세 여름에 어떤 일이 있었을까요? 밝고 선명한 녹색 혹은 짙은 초록색 나무들 아래에 뻗은 인적 없는 파리의 대로…… 당신은 주프루아 거리의 빵집에 가서 크루아상 2개를 삽니다. 돌아오는 길에 크루아상을 조금씩 뜯어먹었지요. 그 대로에서 텅 빈 버스 한 대와 면도를 하지 않은 독신 남자 한 명을 만납니다. 그해 여름, 당신은 작은 파

란색 수첩에 첫 소설을 쓰기 시작해서 6주 뒤엔 초고를 완성하고 직접 타이핑을 합니다.

1954년에 『슬픔이여 안녕』을 출간했지요. 발칙한 소녀의 거침없는 연애와 애정 행각을 발랄하고 나른하게 묘사한 188쪽에 불과한 첫 장편소설이 일으킨 충격과 파장은 '소동'이라고 부를 만했습니다. '매혹적인 작은 악마' '명석한 잔혹함'을 지닌 작가라는 평가를 얻은 당신의 첫 소설의 판매량은 9월에 4만 5천 부, 12월에는 20만 부를 넘어섰지요. 고작 18세 나이에 신랄하고 감미로운 청춘의 문체로 거둔 문학적 성공은 기적과 다를 바 없는 사건이었지요. 『슬픔이여 안녕』에서 보여준 연애와 관능에 도취하는 솔직함, 그 자유분방한 태도에 깃든 활력과 경쾌함은 전후戰後 프랑스 사회를 짓누른 억압과 금기, 눅진한 음울함 따위를 떨쳐내는 데 보탬이 되었겠지요. 당신은 출판사에서 받은 계약금으로 재규어 자동차를 구입합니다. 그렇게 이른 나이에 거머쥔 명성과 엄청난 인세 수입은 인생을 망치는 압도적인 불행의 전조가 아니었을까요? 당신의 그뒤 어지러운 행적들, 즉 연애, 섹스, 코카인, 카페인, 도박, 과속 운전에 대한 탐닉은 널리 알려진 바입니다.

당신과 나는 일찍이 문학의 세례를 받고, 이 하염없는 것에 인생이란 판돈을 걸었다는 점에서 닮았지요. 나는 17세 때 정규교육 과정에서 이탈해서 거리로 나섰지요. 거리란 한 점의 온정이나 신변보호도 없이 고립무원의 처지로 추락하는 장소, 비정한 약육강식만이 절대의 법으로 군림하는 제도권 바깥 세계를 통칭합니다. 20세 청년은 말라르메와 폴 발레리, 막스 자콥과 자크 프레베르 등의 번역 시집을 표지가 닳도록 읽고, 백수로 떠돌며 우정과 바다와 시를 동경하며 시립도서관의 참고 열람실과 어둑한 음악 감상실을 은신처로 삼았지요. 하지만 하필이면 왜 문학이었을까요? 문학이란 환幻을 빚는 것. 그것은 행복에 별 도움이 되지 않아요. 그런 점에서 문학은 무용하겠지요. 건강한 체력과 두려움 없이 잠드는 것을 행복의 조건으로 꼽은 당신의 행복론은 소박하기만 합니다.

당신은 화려한 명성과 억만장자라는 위세, 그리고 위스키, 파티, 스포츠카, 사치스러운 낭비로 촘촘히 채운 사교생활을 등진 채로 쇠락의 길을 걷습니다. 말년에 당신이 이룬 모든 걸 다 잃고, 남은 것은 카지노에 진 빚, 세무당국의 국세 독촉장…… 당신 곁에 들끓던 숱한 나쁜 남자, 출판업자, 모리배, 마약 밀매상 들은 다 떨어져나가고 당신은 고독에 유폐당하지요. 당신은 모르핀으로 잠들고 코카인

으로 깨어났지요. 당신이 덧없는 인생에서 깨달은 것은 "시간과 사랑을 붙잡으려고 애쓰지 말아야 하듯이, 태양도 인생도 붙잡으려고 애쓰지 말아야 한다"*는 것! 누가 시간과 사랑을 붙잡을 수 있을까요? 그것은 누구도 불가능한 일입니다. 하지만 그 붙잡을 수 없는 것을 붙잡으려고 애쓰다가 우리는 한 생을 다 보냅니다.

오늘의 쾌청한 날씨를 당신에게 선물로 보냅니다.

* 프랑수아즈 사강, 『고통과 환희의 순간들』, 최정수 옮김, 소담출판사, 2009.

당신의 삶은 가난과 불운에 잠식당했지만

그런 재난이 무용에 대한 당신의 재능을 빼앗을 수는 없었어요.

마치 살 속에서 부러진 뼈가 튀어나오듯이

춤은 당신의 몸에서 붉은 동백꽃처럼 바깥으로 불거졌지요.

당신의 누이가 말했듯이

당신에게 무용은 신앙이요, 생명이요, 영혼이었지요.

Вацлав Фомич Нижинский

(1889~1950)

To. 바츨라프 니진스키

살 속에서 부러진 뼈가 튀어나오듯 춤은 당신의 몸에서

어머니, 저녁, 여름 바다.

이런 어휘들은 멜랑콜리를 불러옵니다. 이번 생은 망했다는 자각이 왔을 때, 혹은 인생을 향해 해맑은 미소를 보여주는 게 불가능함을 깨달았을 때, 기분은 회색빛으로 가라앉지요. 반면에 춤, 웃음, 음악 같은 어휘는 반짝거리는 기분을 느끼게 합니다. 하지만 내겐 춤, 웃음, 음악에의 재능이 전무합니다. 나는 웃음과 즐거움을 망각한 평범한 '인간동물'에 지나지 않으니까요. 춤이 없는 인생이란 무겁기 짝이 없다고 생각하지만 내겐 춤의 유전자란 게 전혀 없어요. 춤출 수 없는 인간은 목소리를 잃은 꾀꼬리, 화사한 날개를 펼칠 수 없는 공작에 불과합니다만 어쩔 수가 없지요.

일찍이 책의 무거움에 인질로 잡혀버린 내가 춤맛을 본 건 우연이었죠. 젊은 시절, 무도장에 갔다가 우연히 춤의 황홀경에 넋을 잃었지요. 황홀경이란 감정에 깃든 내밀한 신의 기분이겠죠. 어렸을 때 어머니가 새 옷을 사주면 어서 빨리 입고 싶어 마음이 달뜨지 않았던가요? 춤은 마음을 달뜨게 하던 새 옷 같았어요. 우리는 삶의 기쁨과 행복에 넘쳐 춤을 추지요.

바츨라프 니진스키, 당신을 처음 만난 건 스무 살 무렵 영국의 문학평론가인 콜린 윌슨의 『아웃사이더』란 책을 통해서였지요. 당신은 폴란드 출신의 부모에게서 태어나 "신처럼 춤추는 무용수"라는 평가를 받았지요. 당신의 양친은 러시아 전역으로 순회공연을 다니는 무용수였지요. 당신은 태생적으로 타고난 춤꾼이지요. 어쩌면 평탄했을지도 모를 당신에게 덮친 첫번째 불행은 난봉꾼인 아버지가 원인이었지요. 아버지는 다른 여자와 바람이 나서 당신 가족을 버렸지요. 먹을 빵이 늘 부족한 가난의 옥죔 속에서 당신의 어머니는 가장의 짐을 짊어질 수밖에 없었습니다. 유명 무용가이던 어머니는 그 명성을 뒤로한 채 가족 생계를 위해 지방 서커스단에 나가 춤을 추었습니다. 그런 어머니를 지켜보며 당신은 뜨거운 속울음을 토해내며 오열합니다. 어린 시절에 이미 인생이 자신에게 그다지

호의적이지 않다는 사실을 깨달은 당신의 고백은 뼈에 사무치는 슬픔을 갖게 합니다. 당신은 늘 자식을 위해 자신을 희생한 어머니를 사랑했지요. 그래서 해외 순회공연으로 바쁜 와중에도 "사랑하는 어머니, 저는 언제나 어머니를 사랑합니다"라고 시작하는 편지를 썼습니다.

11세 때 상트페테르부르크의 황실 무용학교에 입학할 무렵 이미 당신이 드러낸 춤의 재능은 압도적이었지요. 당신은 황실 직속 무용단에 들어가 〈지젤〉〈백조의 호수〉〈잠자는 숲속의 미녀〉 등에서 춤의 놀라운 경지를 보여주었지요. 당신의 삶은 가난과 불운에 잠식당하고, 세기를 거칠게 윽박지르는 혁명과 전쟁의 와중에 걸쳐져 있지만 그런 재난이 무용에 대한 당신의 재능을 빼앗을 수는 없었어요. 마치 살 속에서 부러진 뼈가 튀어나오듯이 춤은 당신의 몸에서 붉은 동백꽃처럼 바깥으로 불거졌지요. 당신의 누이가 말했듯이 당신에게 무용은 신앙이요, 생명이요, 영혼이었지요.

춤이란 무엇인가요? 춤은 학습이나 반복적인 훈련으로 만들어진 몸의 자세가 아니라 몸에 쟁여진 기쁨, 신명, 본성이 몸 바깥으로 흘러넘치는 것이지요. 대지와 삶은 무겁지요. 이 무거운 것이 우리가

땅에 붙박이도록 우리 발목을 붙잡습니다. 발목을 붙잡고 있는 대지를 뿌리쳐야만 공중으로 가뿐하게 솟구쳐오를 수 있겠지요. 향일성의 식물처럼 우리 마음은 위로 상승하려는 욕구를 품고 있지요. 춤은 몸안에 숨은 공기와 같은 가벼움, 새의 깃털이나 민들레 씨앗처럼 공중으로 떠오르는 것, 중력의 영을 거역하며 위로 솟구치는 힘이지요.

철학자 니체는 춤을 몸의 해방이라고 말합니다. 춤은 몸을 매개로 하지만 결국 춤 속에서 "부정적인 몸, 부끄러운 몸은 찬란하게 사라지기" 때문이겠지요. 니체는 "춤은 새, 샘, 어린아이, 만질 수 없는 공기"라고 은유를 사용해 표현하지요!

춤은 몸안에 접혀 있던 날개가 활짝 펼쳐진 상태지요. 펼친 날개란 웃음의 의상이지요. 춤을 추는 자여, 두 발로 공중으로 도약하여 황금과 에메랄드의 환희 속으로 뛰어들라! 네 몸이 새처럼 가벼워져 떠오르리라. 춤이 가장 빛나는 건 발뒤꿈치가 대지를 떠나서 공중으로 떠오를 때, 즉 상승과 비상을 시작하는 찰나지요. 춤은 나의 신부가 되어달라는 기쁨의 요청, 혹은 너의 신부가 되겠다는 황홀한 수락의 몸짓이지요.

니진스키, 당신은 공중으로 도약하는 무용의 경이 그 자체였지만 어쩐 일인지 인생은 순탄하지 않았지요. 발레단을 꾸려 유럽 순회공연을 하던 당대 무용계의 권력자인 디아길레프와의 만남과 불화, '니진스키 발레단'을 창단해 유럽 무대에 선을 보이지만 실패, 제1차 세계대전이 일어나자 아내와 어린 딸을 데리고 스위스의 생모리츠로 피신…… 이런 인생 여정에서 당신이 소망한 것은 작은 안식과 소박한 안녕이었지요. 그러나 불행은 그 작고 소박한 꿈을 짓밟아 버렸지요. 당신은 불행과 절망에 대한 면역력이 결핍된 삶을 살았던 거지요. 당신은 불행의 손아귀에 속절없이 꺾인 꽃대처럼 쓰러졌습니다.

페르시아의 옛 시인 루미는 "아침마다 새로운 손님이 찾아온다./한 번은 기쁨으로, 한 번은 좌절로, 한 번은 야박함으로 찾아온다./거기에, 약간의 찰나적 깨달음이/뜻밖의 손님처럼 찾아오나니,/그들 모두를 맞아서 즐거이 모시라./그것이 그대의 모든 것을 휩쓸어/가버리는 한 무더기의 슬픔일지라도,/한 분 한 분을 정성껏 모시라."하고 노래합니다. 옛 시인은 인간이란 존재가 하나의 여인숙이라고 했어요. 그 여인숙엔 날마다 다른 손님들이 찾아들겠지요. 당

신에게 덮친 불행도 그 많은 손님 중의 하나였겠지요. 당신은 불행이라는 그 예기치 않은 손님을 어떻게 영접했나요?

당신이 겪은 불행을 떠올린다면 심장이 베이는 듯 아픕니다. 당신은 인생의 절정에서 곤두박질쳐서 불행의 골짜기로 불시착했지요. 불과 29세 때 정신과 의사로부터 '불치의 조현병'이라는 진단을 받고 여러 요양원을 전전했어요. 당신 전기傳記를 쓴 리처드 버클은 당신의 생을 이렇게 요약했습니다. "10년은 자라고, 10년은 배우고, 10년은 춤을 추고, 30년 동안은 빛을 잃어갔다. 통틀어 대략 60년의 일생."* 당신은 무려 30여 년 동안 정신병원에서 실어失語와 자폐의 나날로 보내다 1950년 4월 8일, 런던의 한 정신병원에서 불행에 마침표를 찍고 영면합니다.

니진스키의 저 도저한 불행에 경의를!

* 리처드 버클, 『니진스키』, 이희정 옮김, 을유문화사, 2021.

「산유화」에서 유난히 눈에 들어오는 것은

'저만치'라는 부사어지요.

무리에서 '저만치' 떨어져서 혼자 피었다 지는 꽃에

당신은 자아를 투사했지요.

자연스럽게 발화되는 유정한 정한情恨,

설움의 덩어리가 생겨나는 지점이

바로 '저만치'에 있음은 의심할 여지가 없겠지요.

金素月

(1902~1934)

To. 김소월

그대인가고, 그대인가고, 기다리고 있나요?

당신은 고독의 반가사유상, 설움의 경지를 깨달은 부처, 얼굴에 고운 분粉 바른 유랑극단의 곡예사! 훗날 민족의 서정시인이라는 월계관을 쓰지만 당대에는 혈연 공동체 안에서조차 내쳐져 건달이나 한량으로 손가락질당했던 존재! 소월, 하고 당신 이름을 가만히 부를 때마다 내 심장은 차갑게 식는 듯합니다.

노란 산수유꽃이 아기처럼 입을 벌리고 봄비를 쪽쪽 빨아먹는 오늘, 당신의 시집을 찾아 읽습니다. 「왕십리」「진달래꽃」「비단안개」「엄마야 누나야」 같은 시를 가만히 읊조릴 때 짧은 봄날은 빠르게 저물지요. "어룰없이 지는 꽃은 가는 봄인데/어룰없이 오는 비에 봄은 울어라"라고, 어스름 저녁 애달피 고운 비에 "꽃자리에 주저앉아 우

노라"*(「봄비」)라고, 당신은 썼지요. 설움이 넘쳤으니 눈물로 '외로운 꿈의 베개'를 적시는 일도 많았겠지요.

소월, 당신은 저 먼 북쪽, 한반도의 북단에서 태어났고, 나는 중부에서 태어났어요. 게다가 시대가 엇갈린 채로 태어났으니 애초 우리의 만남은 불가능했지요. 무지몽매한 어린 시절에 우연히 당신의 시를 읽으며, 무작정 시의 세계로 발을 디뎠지요. 당신의 시는 슬펐습니다. 고립무원孤立無援의 혼으로 설움에 겨워 울부짖는데, 그 사정은 알 수가 없지요.

소월, 당신의 본관은 공주, 본명은 김정식. 평안북도에서 공주 김씨 문중의 장손으로 태어났지요. 정주의 오산학교를 다니다 3·1운동의 여파로 오산학교가 문을 닫자 서울의 배재중학에 편입했지요. 오산중학에서 평생의 은사인 김억 선생의 영향 아래 시를 썼습니다. 스무 살 이전에 당신의 가장 훌륭한 시들이 쏟아진 걸 보면 당신의 문재文才는 의심할 여지가 없습니다. 문중의 기대를 한몸에 품고 배재고보를 거쳐 일본 유학을 떠난 것은 1923년인데, 때마침 일본에서 터진 관동대진재關東大震災로 유학 1년도 채 못 되어 고향으로 돌아오지요.

산에는 꽃 피네
꽃이 피네
갈 봄 여름 없이
꽃이 피네

산에
산에
피는 꽃은
저만치 혼자서 피어 있네

산에서 우는 작은 새요
꽃이 좋아
산에서
산에서 사노라네

산에는 꽃 지네
꽃이 지네
갈 봄 여름 없이

꽃이 지네

—「산유화」 전문*

물 흐르듯 자연스러운 리듬감이 돋보이는 당신의 「산유화」에서 유난히 눈에 들어오는 것은 '저만치'라는 부사어지요. 무리에서 '저만치' 떨어져서 혼자 피었다 지는 꽃에 당신은 자아를 투사했지요. '저만치'는 당신이 살던 시대 안에서 느끼는 고립의 징후이자 외로움과 소외가 발생시킨 거리감을 드러내죠. 어쨌든 '저만치'는 무리에서 이탈한 심리적인 거리를 안고 외따로 떨어진 자리에서 삶을 꾸리던 당신의 내밀한 설움과 고독의 기원이 어디인가를 가리키지요. 자연스럽게 발화되는 유정한 정한情恨, 설움의 덩어리가 생겨나는 지점이 바로 '저만치'에 있음은 의심할 여지가 없겠지요.

들가에 떨어져 나가앉은 뫼기슭의
넓은 바다의 물가 귀에,
나는 지으리, 나의 집을,
다시금 큰길을 앞에다 두고,
길로 지나가는 그 사람들은
제가끔 떨어져서 혼자 가는 길.

하이얀 여울턱에 날은 저물 때.

나는 문간에 서서 기다리리

새벽 새가 울며 지새는 그늘로

세상은 희게, 또는 고요하게,

번쩍이며 오는 아침부터,

지나가는 길손을 눈여겨보며,

그대인가고, 그대인가고.

—「나의 집」 전문*

집은 존재의 피난처, 실존의 중심입니다. 이 지상에서 집 한 채를 갖는 건 온전한 삶을 잇기 위해 반드시 필요한 조건이지요. 당신은 뫼기슭과 넓은 바다에 면한 물가 뒤에 '나의 집을 지으리'라고 다짐을 했건만 끝내 집을 갖지 못했지요. 그랬으니 아침부터 집 앞에 나와 앉아 길손을 눈여겨보며 "그대인가고, 그대인가고" 하마 당신이 오실까 기다리는 일도 무산됐겠지요. 시를 보면 당신은 집도 없고, 임도 없이 쓸쓸하게 떠도는 존재이지요. 당신은 왜 혼자일까요? 당신은 결혼도 하고 아이도 있었는데, 왜 내내 내쳐진 고아인 듯 쓸쓸했을까요? 짐작 가는 단서는 당신이 일제강점기 동안 심리적 고립과 소외를 겪은 이방인이라는 점이지요. 집도 절도 없이 떠도는 이

방인일 수밖에 없던 당신은 너무 예민해서 남들이 다 느끼지 못하는 것을 느끼고, 남들이 다 갖는 불행에 대한 항체마저 결핍되어 있었지요.

소월, 당신은 정치 운동에 뛰어들거나, 세계의 부조리와 폭력에 의롭게 맞선 적이 없습니다. 다만 당신은 호구지책으로 안간힘을 쓰는 소시민이었지요. 아, 나쁜 시대에 태어나 저 하나를 건사하기조차 만만치 않았기에 당신은 '나쁜 꿈'을 꾸고 있다고 생각했을지도 모릅니다. 일본 유학까지 다녀온 당신은 처가가 있는 고장에서 동아일보 신문지국을 운영하다가 실패하고 나중엔 고리대금업까지 손을 댔지요. 서민의 고혈을 빠는 고리대금업이 얼마나 비루한 일인가를 모르지 않았을 텐데, 그 짓에 기댈 수밖에 없었던 데는 절박함이 있었겠지요. 차라리 당신은 망국의 변방을 떠돌던 소시민, 식민지의 잔맹殘氓, 삶에서 실패를 겪고 무릎을 꿇은 패배자에 지나지 않는다고 생각할지 모릅니다.

당신에겐 부양가족이 있고 그 사실은 엄중하고, 그 무게는 어깨를 짓누를 만큼 막중했겠지요. 천업賤業의 비루함을 떠맡아야 할 만큼 당신의 절망은 깊었겠지요. 그 소규모의 슬픔, 그 소규모의 불행만

으로도 당신은 절망의 나락으로 추락하고 말았어요. 고향 곽산에서 생활고와 염세증에 빠져 생애의 마지막 나날을 술에 취한 채 허송세월을 하며 보낸 건 일종의 삶에 대한 태업怠業이었겠지요. 어느 날 당신은 서른두 살의 새파란 나이에 아편을 삼키고 세상과 작별을 고했습니다.

소월, 오늘도 당신은 천국 어느 모퉁이에 나와 앉아
길손을 보며, 그대인가고, 그대인가고, 기다리고 있나요?

金素月

From. 장석주

* 김소월, 『진달래꽃』.

당신은 낮밤을 응시하고 사람들 사이에서
웃고 일하면서 체험의 전 영역을
일상의 리듬으로 받아내며 책을 썼겠지요.
당신이 쓴 책들을 읽으며
얼마나 많은 이들이 새로운 깨달음을 얻고
생을 바로 세웠을까요!

John Berger

(1926~2017)

To. 존 버거

삶이 고독한 1인극이 아니냐고 말하는 당신에게

존 버거 선생님,

지금 이 순간에도 우주는 팽창중인데, 우주가 팽창 가능한 최대 한계는 250억 광년이라지요. 그 우주 어디에선가 이 초록별에 당도한 우리는 슬픔을 채집하고 돈으로 만든 지옥에서 그것을 흩뿌리며 살아갑니다. 기다림을 아는 5리터 안팎의 피와 총 70킬로그램 안팎의 하중을 견디도록 설계된 206개의 뼈를 가진 인간들! 우리는 저녁때 가장 커지는 발로 직립보행을 하고, 매우 민감한 수용감각세포를 가진 손을 쓰며 살지요. 산다는 건 양말 몇 켤레의 따스함, 커피 한잔의 기쁨과 위로, 맨땅에 이마를 박는 둔중한 아픔, 그리고 악과 수고의 무두질 속에서 가끔 아름다움에 대한 시를 읽고 음악의

경이를 경험하는 것이지요.

존 버거 선생님, 삶이 고독한 1인극이 아니냐고 말하는 당신에게 존경심을 담아 편지를 적습니다. 사르트르만큼이나 박식가였던 당신은 늘 무언가를 쓰는 자, 비평가, 논객, 이론가, 협업자, 소설가, 시인으로 살았지요. 당신이 삶의 이력에 새긴 건 지식인, 농부, 화가, 소설가, 미술비평가, 마르크스주의 사상가이고, 다른 한편으로 박식가, 여행하는 모더니스트, 이야기꾼이었지요. 당신은 '경험이 언어보다 앞선다'는 사실을 실천했는데, 내가 상상과 언어의 거푸집에 갇혀 살았다면 당신은 그 거푸집을 깨고 현실로 나아갔어요. 당신은 투철한 지성, 예술적 감수성, 세상을 다르게 보는 방식, 그리고 노동을 향해 직진하는 단단한 인격으로 뭉쳐진 사람이었지요.

지금 다큐멘터리 사진작가 장 모로가 찍은 사진을 들여다보는 중입니다. 『존 버거의 초상』이란 책인데요. '장 모로가 찍은 50년 우정의 풍경'이라는 부제가 달린 이 흑백사진집에는 젖소 농장에서 외양간을 청소하는 당신, 건초를 만들고 창고에 쌓는 당신, 건초더미에 파묻혀 쉬는 당신, 어린 아들과 시간을 보내는 당신, 아들 결혼식에 참석한 당신, 석유램프의 불빛을 받으며 정원에서 느긋한 저녁을 보

내는 당신…… 등등 당신 생을 스쳐간 찰나가 담겨 있지요. 인상적인 것은 세월에 따라 변화하는 당신 얼굴들입니다. 주름이 깊어진 당신 얼굴은 시간이 존재하는 방식이 새겨진 흔적이겠지요. 백발과 함께 얼굴에 새겨진 주름은 얼굴이란 대지를 할퀴고 지나간 여러 계절과 불순한 기후를 묵묵히 견디고 살아낸 연대기가 드러나지요.

당신은 어떤 사람인가요? 당신의 정체성은 어디에 있나요? 당신은 비행기 여행을 두려워하면서도 모터사이클을 몰고 질주하기를 즐겼지요. 모터사이클을 몰고 구릉 지대를 빠른 속도로 빠져나가는 당신, 현대미술을 꿰뚫어보고 시대정신에 잇대인 비평을 쓰는 당신, 봄엔 씨앗을 뿌리고 가을엔 건초를 만드는 농사꾼으로 사는 당신은 한 사람입니다. 당신은 젊은 마르크스주의 선동가로 성장해서 라디오 원고나 미술비평을 써서 생계비를 벌고, 1960년대 혁명의 소용돌이를 통과하는 동안 자신이 투자한 땀과 노고보다 더 많은 소득을 챙기는 기득권자보다는 이주노동자나 농사꾼 같은 사회적 약자의 권리를 옹호했지요. 거기에는 단 한 점의 공명심이나 위선이 없었지요.

당신은 사회 모순과 평범한 악에 맞서는 날선 글과 행동으로 세상

을 바꾸려고 했지요. 당신은 매우 정치적 인간이었지요. 마흔 살 무렵 다섯 해 동안이나 매달려 완성한 소설 『G』를 떠올립니다. 19세기 말 유럽인 상인과 미국인 정부 사이에 태어난 사생아, 자아가 없고, 다만 욕망하고 여행하고 유혹하는 기계인 사생아! 그 변변한 이름조차 없는 사생아에게 당신의 자아가 투사되었겠지요. '지적 포르노'라는 혹평을 받은 『G』는 1972년 저 유명한 맨부커상을 받는데, 당신은 상을 준 자본가들을 모욕합니다. 상금 절반을 좌파 조직인 흑표당Black Panther Party에 기부하고, 나머지 절반은 이주노동자 연구 작업에 쓰기로 했지요. 당신이 정치 투쟁이라고 했던 이 엉뚱한 사건으로 영국 사회는 소동을 겪었지요. '버거는 왜 자신에게 돈을 주는 손을 물었을까?'라는 제목의 기사들이 신문을 장식했지요.

지적 노동과 척박한 대지에 뿌리를 박는 농업 노동 사이에 서 있는 당신! 1970년대 중반 모국인 영국을 떠나 프랑스 오트사부아주의 마을에 정착해서 땅을 일궈 감자를 심고, 가을엔 건초를 만들어 헛간에 쌓는 일을 했지요. 도시 문명이 주는 안락함과 편의성에 오랫동안 길들여진 사람은 그 고되고 단순한 노동은 감히 감당하지 못하겠지요. 물론 나도 월트 휘트먼의 시를 사랑하고, 가끔 깊은 침묵 속에 펼쳐진 밤하늘의 별자리를 올려다보며 우주적 경이로움에 빠

지긴 합니다만 당신과 견주자면 우유부단하고 게으르며 회색의 영혼과 무른 의지를 가진 사람이지요.

당신은 어디선가 우리의 삶이 어떤 합의된 규칙성에 의존한다고 썼지요. 출생과 죽음, 과거와 미래 사이엔 사회적으로 합의된 예측 가능한 규칙성과 예측할 수 없이 갑작스럽게 끼어드는 규칙성이 뒤섞입니다. 연애와 결혼, 병역 의무, 혹은 여러 우연의 일들, 갑작스러운 질병이나 사건들이 모여서 하나의 생을 이루지요. 당신은 그 규칙성에 대해 이렇게 덧붙입니다. "매일 시장에 신선한 과일이 들어오고, 밤이면 가로등에 불이 켜지고, 편지를 앞문 밑으로 밀어넣고, 성냥갑 속의 성냥은 모두 같은 방향으로 넣고, 라디오에선 음악이 흐르고, 낯선 사람들끼리 미소를 주고받는 것들이, 모두 그런 습관으로 설명이 되죠."* 그 합의된 규칙성을 삶의 리듬이라고 말해도 될까요? 그래요. 우리를 끌고 나가는 것은 죽은 이들과 아직 태어나지 않은 신생아 사이에서 여러 기념일들과 잠든 아이의 고요한 얼굴 같은 삶의 맥동을 품고 흐르는 일상의 리듬이지요. 당신은 낮밤을 응시하고 사람들 사이에서 웃고 일하면서 체험의 전 영역을 일상의 리듬으로 받아내며 책을 썼겠지요. 당신이 쓴 책들을 읽으며 얼마나 많은 이가 새로운 깨달음을 얻고 생을 바로 세웠을까요!

지금 여기의 시간은 당신이 살아보지 못한 미래입니다. 하지만 미래란 지금 이곳에 도래하지 않은 시간이 아니라 이미 와 있지만 그 성김으로 우리가 미처 알아차리지 못하는 시간입니다. 오늘 속에서 미래의 기척을 감지하는 사람들! 그렇습니다. 미래가 오늘에 스미고 섞인 내일의 성분들이라면 소수의 사람들은 제 예민한 직관으로 충분히 선취할 수 있는 시간인 겁니다. 밤하늘 가득한 별자리 아래서 쓴 이 편지는 미래가 과거에게 보내는 것이지요.

오늘밤엔 좋은 꿈을 꾸시길 빕니다.

* 존 버거, 『A가 X에게』, 김현우 옮김, 열화당, 2009.

당신은 '보람 있는 하루'의 근거로

글쓰기, 산책, 독서 세 가지를 들었지요.

당신은 날마다 이 세 개의 리듬 속에서

보람과 활력을 찾은 사람입니다.

하지만 당신이 왕성한 독서가이면서

'런던의 산책자' 였다는 사실은

대중에게 덜 알려진 사실이지요.

Adeline Virginia Woolf

(1882~1941)

To. 버지니아 울프

당신은 왜 그토록
거리 배회에 탐닉했을까요?

시대를 앞선 여성은 불행했어요. 남성이 기득권을 전부 거머쥐고, 남성 중심으로 규범과 질서가 짜인 세상에서 여성이 틈입할 여지는 없을 테니까요. 재능이 있더라도 여성은 이방인이나 주변인 취급을 받았지요. 버지니아 울프, 당신 역시 학자이자 비평가인 아버지를 두고, 부유한 집안 출신이지만 단지 여성이라는 이유로 정규교육에서 배제되었지요. 가부장제가 뿌리깊은 19세기 말 영국 사회의 완고한 관습에 갇힌 당신의 딱한 처지를 드러낸 사태겠지요. 비록 학교 교육의 수혜를 못 받았지만 당신의 명민함은 독서를 통해 깨어났습니다. 당신은 고전들로 가득찬 당신 아버지의 서가에서 지적 능력을 키우고, 독학으로 그리스어와 프랑스어로 익히며 자기 세계를 확장했지요. 독서 행위가 당신의 지성과 사유, 상상력과

통찰력, 문학적 감수성을 키우는 바탕이 되었겠지요.

당신은 여성을 억압하는 세계를 향해 도발하고 그 싸움을 멈추지 않았지요. 제 삶에 자주적인 여자들에겐 조국이 없습니다. 조국의 속박에 자기를 가두기엔 너무나도 큰 존재인 까닭이지요. 당신이 조국을 부정하는 말을 뱉었을 때 그건 희박한 애국심의 발로가 아니라 여성 차별에 맞서는 강한 의지를 드러낸 것이겠지요. 당신은 누구보다도 앞서서 여성의 사회적 권리가 천부적인 것임을 알아채고 그걸 외친 사람이지요. 당신은 영국 모더니스트 작가와 지식인 모임인 '블룸즈버리 그룹'의 일원으로 활동하는데, 1912년 거기에서 만난 레너드 울프와 결혼합니다. 1917년 남편과 함께 런던 리치몬드가에 있는 당신 집의 이름을 따서 지은 '호가스 출판사'를 창업해 꾸렸지요. 당신 부부는 이 집에서 1915년에서 1924년까지 살았지요. 호가스 출판사에서 474종의 책을 펴내는 동안 당신은 이 원고 대부분을 읽고 인쇄 작업을 거들지요. 그런 분주함 속에서 고투하며 써낸 소설들, 『델러웨이 부인』『등대로』『파도』『올랜도』 등은 세계문학의 반열에 들었고, 몇 편은 영화로도 제작되지요. 에세이집 『자기만의 방』은 페미니즘 교과서로 꼽혔고, 『작가 일기A Writer's Diary』도 대중의 사랑을 받았지요. 당신은 제2차세계대전이 일어나

자 지병인 정신질환이 악화되었지요. 결국 당신은 59세 때 우즈강에 투신자살을 하며 생을 마감합니다.

당신은 1917년에서 죽기 직전까지 스물네 해 동안에 걸쳐 쓴 방대한 분량의 일기를 남겼지요. 나는 한국어로 번역된 당신의 일기를 읽으며 당신 문학의 발생론적 근거를 더듬어보려고 애를 썼지요. 당신이 무심코 쓴 구절에 내 마음이 울리곤 했습니다. "어제는 아주 보람 있는 하루였다. 글 쓰고 산책하고 책을 읽었다."* 당신은 '보람 있는 하루'의 근거로 글쓰기, 산책, 독서 세 가지를 들었지요. 당신은 날마다 이 세 개의 리듬 속에서 보람과 활력을 찾은 사람입니다. 하지만 당신이 왕성한 독서가이면서 '런던의 산책자'였다는 사실은 대중에게 덜 알려졌지요.

당신은 런던에서 태어나고 성장한 '런던 사람'이지요. 버지니아 울프, 오늘 나는 런던의 산책자로 당신을 소환합니다. 작가마다 운명의 도시가 있지요. 머릿속에 떠오르는 대로 적는다면, 카프카의 프라하, 제임스 조이스의 더블린, 발터 벤야민의 베를린, 헤밍웨이의 파리, 폴 오스터의 뉴욕, 오르한 파묵의 이스탄불, 이상과 박태원의 경성, 전혜린의 뮌헨…… 버지니아 울프, 당신의 도시는 런던이

겠지요. 당신은 "런던은 쉴새없이 나를 매혹하고 자극하고 내게 극을 보여주고 이야기와 시를 들려준다"*고 썼지요. 그렇습니다. 런던은 극과 이야기와 시를 들려주며 당신을 키운 어머니 같은 도시지요.

당신이나 『델러웨이 부인』의 주인공 클라리사에게나 큰 기쁨이었던 '거리 배회'였지요. "난 당장에 연필 한 자루가 필요해!"라고 말하는 것은 버지니아 울프 당신인가요, 아니면 당신이 창조한 작중인물인가요? 아마도 당신은 글을 쓰다가도 연필 한 자루를 사기 위해 거리로 나선 일이 있었겠지요. 그리고 당신 소설의 주인공 클라리사는 꽃이나 장갑을 사러 거리에 나섰지요. 클라리사는 당신의 분신, 그가 거리 배회를 좋아한 것은 이상한 일이 아니지요. 어쨌든 당신은 하루도 빠지지 않고 상점과 극장, 수도원과 대성당들이 이어진 런던 거리를 산책했지요.

당신이 걸었던 런던의 전경은 어떨까요? "우뚝 솟은 돔 지붕, 도시를 수호하는 대성당, 굴뚝과 첨탑, 기중기와 가스탱크, 봄이든 가을이든 흩어질 새 없이 쉬지 않고 피어오르는 연기 등으로 촘촘히 짜인 혼잡한 도시"*가 당신의 시야에 들어온 전경이었지요. 도심과 도

심을 잇는 번화한 거리는 인파로 넘쳤지요. 거리에는 항상 천 가지의 목소리들이 아우성치고, 인파가 말 그대로 파도처럼 무자비하게 넘실대지요. 거리를 걸을 때 당신은 무슨 생각을 했나요? 아마도 "새들이 지저귀고 담비나 토끼가 앞발을 들고 멈춰 서서 숨소리조차 내지 않고 나뭇잎 바스락소리에 귀를 기울이"*는 전원에의 꿈을 상실한 삭막한 런던 거리를 걸으며 "삶은 투쟁이고, 모든 건축물은 소멸하며, 모든 과시는 허영임을"* 곱씹었겠지요. 각양각색의 사람들이 붐비는 가운데 구경거리들에 한눈을 팔며 당신은 자신을 옥죄는 신경쇠약과 모종의 불안들을 누그러뜨렸겠지요.

버지니아 울프, 당신은 왜 그토록 거리 배회에 탐닉했을까요? 그 탐닉의 이유를 알려면 먼저 산책이 무엇인가를 물어야겠지요. 산책이란 무엇일까요? 그 도시에서 들이마시는 공기, 계절과 날씨들, 빛과 분위기, 혹은 소음과 익명의 무리와의 충돌과 불규칙한 리듬에 자기를 맡기는 일이 산책이 아닐까요? 그건 생산성 지상주의에 대한 소극적 사보타주, 노동과 속도, 실리주의에 대한 저항. 걷는 이들은 무위의 가장자리를 맴돌며 제 고독을 찾지요. 고독은 걷는 사람에게 느린 사색을 제공하는 하나의 은신처가 될 테니까요. 그 보상은 부피가 없습니다. 바깥 공기를 들이쉬고 내쉬는 리듬 속에서 몸

밖으로 추방했던 자신을 되찾는 것, 기분의 전환, 존재와의 내밀한 교감, 모호한 시적 창조성의 산출 따위가 보상의 내역이지요.

지금 여기는 봄꽃은 다 지고, 산색은 온통 초록으로 뒤덮였지요. 우리보다 백 년을 앞선 시대에 살았던 당신이 화창한 봄날 런던 옥스퍼드가를 걷는 광경을 상상해요.

당신이 거주하는 천국도 산책에 맞춤한 곳이기를 바랍니다.

---

* 버지니아 울프, 『런던을 걷는 게 좋아, 버지니아 울프는 말했다』, 이승민 옮김, 정은문고, 2017.

당신과는 인간의 불행에 대한 이야기를

나누지 않으면 안 될 것 같습니다.

당신은 예술과 가난 사이, 숭고함과 비참함의

사이 어디쯤에 닻을 내리고 살았지요.

당신 삶의 안쪽을 보면 거기엔 불행과 불운,

가난과 고독이 만든 누추한 얼룩들로 가득하겠지요.

Vincent van Gogh

(1853~1890)

To. 빈센트 반 고흐

평생 겨우 두 작품만 돈을 받고 팔았으니까요

1890년 7월 27일 화요일 새벽 1시 30분, 오베르주 라부의 다락방에서 한 화가가 제 가슴팍에 총을 쏴서 자기 살해를 시도했지요. 네덜란드에서 개신교 목사의 6남매 중 맏아들로 태어난 그 사내, 사이프러스 나무를 녹색 불꽃처럼 그렸던 37세의 떠돌이 청년 화가, 빈센트 반 고흐, 이제는 많은 이의 사랑을 받는 당신 이야기입니다. 이웃의 목수 레베르가 짠 관에 시신은 안치되었고, 당신과 가까웠던 의사인 가셰 박사가 가져온 달리아와 해바라기 같은 노란색 꽃들로 장식되었지요. 당신의 장례가 치러진 날의 일기예보는 어땠나요? 당신의 사망신고 같은 행정 처리는 누가 했을까요? 알 수가 없습니다.

내가 아는 건 당신이 37년의 생애 중 불과 10년만 그림에 정진했다는 사실이지요. 그 10년 동안 당신은 세상에서 가장 성실한 농부처럼 숱한 그림들을 그렸지요. 당신은 가난한 이웃들을 좋아했지요. 〈감자를 먹는 사람들〉에서 감자로 끼니를 때우는 가난한 이웃에 대한 연민을 읽을 수가 있어요. 당신은 광부, 방직공, 우체부, 의사, 평범한 여인 들을, 방과 주변의 풍경들을 그렸고, 자화상은 40여 점이나 남겼지요. 자화상을 자주 그린 건 돈 주고 모델을 쓸 형편이 못 되었던 탓이겠지요. 당신의 자화상에서 일에 몰두하는 광인 고흐, 늙고 지친 슬픔의 왕 고흐, 불행을 묵묵히 품고 견디는 성스러운 고흐, 동생 테오에게 편지를 쓰는 다정한 고흐, 세상에 버림받고 방탕에 빠져 유랑하는 고흐, 오랜 고독에 내면이 헐벗고 너덜너덜해진 고흐를 만날 수 있습니다. 당신은 붓으로 불규칙한 점과 소용돌이치는 빗금이나 횡선을 그으며 캔버스를 채웠는데, 이 색채의 분출은 내면의 불안정한 에너지를 반영하는 것이겠지요.

당신은 원숭이는 원숭이로 꽥꽥거리고 사람은 사람의 말을 하고, 밤과 대낮의 구분이 엄연하며, 가지에 열린 사과는 기어코 땅으로 추락하는 중력이 작용하는 세상에 와서 하필이면 그림을 그렸지요. 왜 그림에 매달렸을까요? 그림을 그리는 게 미의 창조라고 믿었기

때문일까요? 그렇다면 아름다움의 창조가 불행에 빠진 인간에게 구원이 될 수 있을까요? 당신과는 인간의 불행에 대한 이야기를 나누지 않으면 안 될 것 같습니다. 우리는 저마다의 방식으로 최선을 다해 불행을 회피하며 살지요. 당신은 예술과 가난 사이, 숭고함과 비참함의 사이 어디쯤에 닻을 내리고 살았지요. 당신 삶의 안쪽을 보면 거기엔 불행과 불운, 가난과 고독이 만든 누추한 얼룩들로 가득하겠지요. 당신은 벨기에의 안트베르펜 미술학교에 등록해서 1885년에서 1886년으로 이어지는 겨울에 소묘 수업을 들었는데, 그 행운은 오래가지 않았습니다. 당신은 독학으로 미술 수업을 대신하고 화가의 길에 들어섰지요. 숙부가 일하는 화랑의 수습사원, 책방 점원, 전도사 등으로 떠돌며 목사가 되고자 했으나 실패하고, 대신에 화가의 길을 꿋꿋하게 걸었지요.

당신은 어른이 된 이후 가난을 짊어지고 여인숙을 유랑하며 혼자 살았지요. 당신은 어느 곳에서든 사람들이 당신을 가난한 행상 취급할 것이라 생각했습니다. 그런 까닭에 당신은 밥값과 방값을 선불로 지불하는 걸 당연하게 여겼지요. 당신은 딱 한 번 '가족'을 이룬 적이 있지요. 1882년 네덜란드 헤이그에서 동생 테오의 도움으로 신축한 집 한 채를 빌려 '자기만의 작업실'을 마련했을 때였지요. 선

장이 자기 배를 사랑하듯 작업실을 사랑한 당신은 그 집에서 시엔 후르니크라는 모델이자 창녀인 여성과 동거를 했지요. 시엔은 임신 중이고, 딸이 하나, 여동생과 엄마가 있었는데, 당신은 그들과 한 가족을 이뤄 살았지요. 가족의 활기로 북적대는 삶에서 당신은 모처럼 평화와 기쁨을 느꼈지요. 하지만 결국 시엔은 당신을 떠났어요. 당신은 다시 혼자가 되었지요.

내가 좋아하는 당신 그림은 〈밤의 카페 테라스〉입니다. 화폭의 좌측 중간에 레몬빛 노란 불빛을 받은 안온한 카페 풍경이 자리하고, 화폭 상단 한가운데에는 밤의 푸른 궁륭에서 빛나는 별들이 인생의 유쾌함에 대한 은유로 보이지요. 이 그림을 볼 때마다 마음에 평안과 기쁨이 차오르지요. 당신은 카페나 여인숙, 서민들이 자주 찾는 식당을 소재로 삼아 여러 작품을 그렸는데, 당신도 이 그림이 특히 마음에 들었나봅니다. 당신은 여동생에게 쓴 편지에서 이 그림에 대해 자세히 썼지요. "커다란 노란색 등불이 테라스와 건물의 정면, 인도를 비춰. 등불은 포장된 도로까지 뻗쳐서 도로는 분홍빛이 도는 연보라색을 띠지. 별들이 빛나는 푸른 하늘 아래로 멀어지는 집들은 짙은 파란색이다가 초록색 나무 근처에선 연보라색이야. 검은색은 전혀 쓰지 않은 야경이란다. 아름다운 파란색과 연보라색,

초록색 속에서 테라스는 옅은 유황색과 레몬빛 노란색으로 물드는구나. 밤에 현장에서 그리는 것도 정말 즐거운 일이야."*

당신의 그림 중 농부가 신던 낡은 구두를 그린 〈한 켤레의 구두〉를 처음 보았을 때 나는 전율했지요. 농부가 신었던 낡은 구두 앞창은 벌어지고 왼쪽 구두의 목은 접혔으며 오른쪽 구두의 끈은 함부로 풀렸습니다. 닳아빠진 구두와 그 어두운 틈새를 봅니다. "대지의 부름"과 "대지의 조용한 선물인 다 익은 곡식의 부름"에 응답하는 이 낡은 구두에서 철학자 하이데거는 농부의 고단한 삶, 들판을 가로지르는 길의 고독, 바람이 불어가는 들의 황량함, 가을저녁의 덧없음, "임박한 아기의 출산에 대한 전전긍긍과 죽음의 위협 앞에서의 전율"을 읽었지요. '농부의 구두'에 부친 철학자의 글을 좋아합니다. 후박나무의 커다란 나뭇잎이 뚝, 뚝 지는 가을의 쓸쓸한 저녁에 읽는 철학자 하이데거의 글은 찬란하게 아름답지요.

가난과 고독을 회피할 수 없었던 건 당신이 게을렀던 탓이 아니지요. 누구보다 부지런히 그림을 그렸고, 또 많은 작품을 남겼지만 당신 그림은 당대에 외면당했지요. 평생 겨우 두 작품만 돈을 받고 팔았으니까요. 화상畵商인 동생 테오의 생계비 후원으로 그림에만 몰

두한 건 생애 내내 불운과 싸운 당신이 누린 유일한 행운이 아니었을까요? 술과 여자와 담배에 기대어 인생의 희로애락을 고스란히 끌어안고 견딘 당신의 슬픔을, 당신의 고독을 누가 감히 알 수 있을까요? 1888년 크리스마스이브에 왼쪽 귀를 잘라 카페 여급에게 주는 광태를 보였던 당신은 그뒤 얼마 지나지 않아 제 심장에 총을 쏘고, 이틀 뒤 절명했지요. 제 목숨을 끊는 극단적인 선택을 한 것은 당신과 당신 그림을 유독 냉대한 이 세상을 향한 예술가의 고독한 복수극이었겠지요.

지금 이곳은 한여름입니다. 정오의 해가 타오르는 한낮엔 하늘에서 불볕이 쏟아집니다. 하얀 일광 속을 뚫고 나가 편의점에서 얼음과자를 사 씹어 먹으며 세계의 우울을 견디기도 합니다.

당신이 머무는 그곳에도 여름이 오나요?

그곳에서 내내 안녕하시길.

---

* 반 고흐가 여동생 빌헬미나에게 1888년 9월 9일부터 14일에 거쳐 쓴 편지.

우리에겐 상처받은 이들의 슬픔과 모욕을
씻어줄 의무가 있지요.
그래서 시인은 시를 쓰고, 가수는 노래합니다.
아마도 당신 역시 그들의 상처를 어루만지고,
그들의 마음에서 슬픔을 씻어내고
그 자리에 희망과 용기의 씨앗을 심기 위해
건축의 아름다움에 헌신했겠지요.

Alvar Aalto

(1898~1976)

To. 알바 알토

좋은 건축은 고전음악만큼이나 아름다움에 헌신합니다

다시 여름의 한가운데로 들어섰습니다. 해는 온종일 공중에서 불타고, 토마토 열매는 땅이 기르는 작은 태양들처럼 녹색 가지에 매달려 불타지요. 한여름 정오, 정수리로 쏟아지는 햇빛을 받으며 걸어갈 때 먼 이국의 도시, 지평선, 바다 등지를 자주 상상하지요. 백사장의 흰빛과 바다의 푸른색이 대비를 이루는 먼 이국의 바다를 동경합니다. 여름마다 여행가방을 챙겨 우리만의 작은 세계를 벗어나 멀리 낯선 곳으로 떠났지만, 올해는 사정상 그럴 수가 없게 되었습니다. 먼 곳으로 여행을 떠날 수 없다는 사실이 우리 기분을 침울하게 만들지만 어쩔 수 없습니다.

몇 해 전 여름 헬싱키로 떠난 것은 단지 혹서를 피하려는 목적만

은 아니었지요. 우리는 모스크바를 경유하는 핀란드 국적기를 타고 8월 중순 헬싱키에 도착했지요. 핀란드는 초행이었지요. 〈핀란디아〉를 작곡한 시벨리우스의 조국, 침엽수림과 호수가 많다는 것, 노키아를 생산한 나라, 사우나가 많다는 피상적 지식을 말고는 우리가 핀란드에 대해 아는 바는 별로 없었지요. 헬싱키로 여행을 간다 하니 대학에서 건축학을 가르치시는 박철수 교수께서 핀란드 출신의 천재 건축가 알바 알토 기념관을 꼭 들러보라고 했습니다.

헬싱키는 인구가 적고 도심에 차가 많지 않아 대기는 깨끗했습니다. 정말이지 산책하기에 쾌적한 도시였지요. 숙소를 나와 몇 걸음 걸어가면 식품과 잡화를 파는 마켓 광장 카우파토리가 나오는데, 바다와 맞닿아 있었지요. 우리는 날마다 바닷가를 산책하고, 오후에는 걸어서 한국 식당을 찾아가 점심을 먹고 벼룩시장을 돌아보았지요. 헬싱키 중심 만헤르임 거리로 나가는 중간에서 당신이 설계한 아카데미아 서점을 찾은 건 헬싱키에 도착한 지 사흘째 되는 날이었지요.

알바 알토 선생님, 당신이 살았던 시대는 어떠했나요? 당신은 불행했던 적은 없었나요? 무엇이 당신을 건축가의 길을 가도록 부추

졌을까요? 당신은 두 번의 세계대전을 겪으며 급격한 변화로 요동치는 20세기를 건너왔지요. 죄 없는 이들이 살육당하고, 집과 고향을 잃고 난민으로 떠돌며, 이유 없는 증오와 굶주림에 시달렸지요. 우리에겐 상처받은 이들의 슬픔과 모욕을 씻어줄 의무가 있지요. 그래서 시인은 시를 쓰고, 가수는 노래합니다. 아마도 당신 역시 그들의 상처를 어루만지고, 그들의 마음에서 슬픔을 씻어내고 그 자리에 희망과 용기의 씨앗을 심기 위해 건축의 아름다움에 헌신했겠지요. 당신이 남긴 건축물 중 으뜸으로 꼽을 만한 파이미오 요양원은 당신이 이들의 아픔에 귀기울였다는 증거겠지요. 이곳은 소나무 숲속 한가운데에 있고, 문을 나서면 바로 긴 산책로가 이어지는데, 당신은 자연을 끌어와 길고 지루한 투병 생활에 지친 환자들에게 치유와 안식을 주려고 했습니다. 자연과 조화를 이룬 이 건축물은 당신의 건축 철학과 사유가 가장 잘 녹아든 작품이라고 할 수 있겠지요.

알바 알토, 당신은 건축가, 디자이너, 유기적인 모더니즘 선구자로 일컬어집니다. 헬싱키의 산업 예술 대학을 나와 첨단 기능적인 빌딩인 트룬 사노마트 신문사 사옥을 설계한 것을 시작으로 도시 디자인, 오페라 하우스, 극장, 박물관, 도서관, 대학교, 시청 청사, 묘지 예배당, 결핵 요양소, 개인 주택 등을 설계하고, 적층 목재, 합판 본

딩, 몰딩 합판을 재료로 삼아 혁신적인 수직 의자를 디자인했지요. 의자, 조명기구, 인테리어 소품들을 포함한 북유럽 가구 디자인을 대표하는 아르텍 가구는 당신의 유산 중 하나로 꼽지요.

북유럽의 정서를 체화한 당신에게 핀란드에서 가장 큰 아카데미아 서점 설계를 맡긴 것은 당연한 일이었겠지요. 아카데미아 서점을 돌아보며 그 규모보다도 쾌적함과 아름다움에 놀랐지요. 우리는 서점을 둘러보는 내내 우리 마음을 기쁘게 하는 공간의 관현학적 편성에 감탄했습니다. 묵직한 무게감을 주는 문과 주물鑄物로 된 문의 손잡이, 화장실의 도기陶器 변기, 아카데미아 서점 구석구석에서 당신의 뛰어난 미감과 꼼꼼함을 엿보았지요. 심플한 구조와 동선, 그 모든 게 견고하고 아름다웠으니까요. 서점 2층의 한쪽엔 카페가 있었는데, 그곳도 정말 마음에 들었습니다. 우리는 헬싱키에 머무르는 내내 일부러 그 카페를 찾아가서 커피를 마시거나 책을 읽다 돌아오곤 했지요.

건축은 인간의 물리적 필요에 부응해야 하고, 우리가 정서적으로 더 풍요한 삶을 누리는 데 기여해야 합니다. 건축가는 대지의 생김새와 바람의 흐름을 살피며 그 자연 조건과 어울리는 건축을 위해

최선을 다하겠지요. 알바 알토, 당신은 직선이나 기하학적인 형태보다 곡선이 자연 그대로인 것에서 더 이끌렸지요. 그건 당신이 인류와 자연의 연관성에 영감을 구한 탓이지요. 당신이 한사코 기하학적 형태와 금속재료를 거부한 것도 그런 맥락을 반영합니다. 당신이 건축에서 핀란드의 풍토, 해안선과 지형의 윤곽들, 침엽수림과 호수들, 북유럽의 일조량이 적고 추운 겨울 날씨 등 자연 조건에 대한 최상의 표준화를 모색한 것은 당연했겠지요. 당신이 만든 건축물은 벽이 두껍고 외부로 난 창은 작은 대신, 천창이나 측창이 많았던 것도 자연의 빛을 더 많이 내부로 끌어오기 위해서였죠.

건축가 지오 폰티는 건축을 문명 생활의 다섯 가지 조건 중 하나로 꼽았지요. 그는『건축 예찬』에서 "삶의 무대이며 기반인 건축을 사랑하라"*고 했지요. "건축은 낮과 밤, 해와 달, 청명한 하늘과 구름 낀 하늘, 바람과 비, 그리고 폭풍과 눈이 차례로 연출되는 실재의 극장이다. 거기서 삶과 죽음, 부귀와 빈곤, 선과 악, 평화와 전쟁, 창조와 파괴, 젊음과 늙음이 동시에 나타난다. 건축은 역사의 무대를 인생의 축소판으로 연출한다."* 좋은 건축은 동화와 시, 고전음악만큼이나 아름다움에 헌신합니다. 괴테는 건축을 "얼어붙은 음악"이라고 했지요. 제가 르코르뷔지에와 가우디, 안도 다다오나 이타미

준, 김수근과 김중업 같은 건축가를 존경하는 것은 그런 까닭에서지요. 극장, 박물관, 미술관, 도서관, 성당, 서점 같은 공공 건축물은 우리 삶의 질을 드높인다고 믿어요. 첫눈에 반한 아카데미아 서점은 우리 취향에 딱 맞는 공간이었지요. 우리 주변에 아카데미아 서점 같이 "건축의 목소리와 은밀함과 강한 노래가 감추어진 침묵"*을 느낄 공공 건축물이 많아질수록 삶은 더 나아지겠지요.

다시 헬싱키에 간다면 알바 알토 기념관을 꼭 가보겠습니다.

당신이 어디에 있든지 마음에 기쁨과 평화가 충만하기를!

---

* 지오 폰티, 『건축예찬』, 김원 옮김, 열화당, 2000.

인생이란 커피보다 더 쓰지 않고,

에그타르트보다 더 달콤하지 않다는 게 제 생각입니다.

문득 이런 생각을 한 것은 자기를 두고

"탄생을 앞둔 긴 망설임"이라고 했던 작가 때문이지요.

카프카 바로 당신의 이야기입니다.

Franz Kafka

(1883~1924)

To. 프란츠 카프카

행복의 문턱에서의 긴 망설임

인생이란 커피보다 더 쓰지 않고, 에그타르트보다 더 달콤하지 않다는 게 제 생각입니다. 문득 이런 생각을 한 것은 자기를 두고 "탄생을 앞둔 긴 망설임"이라고 했던 작가 때문이지요. 식탁에서 빵부스러기를 흘린다고 트집 잡는 고압적인 아버지 아래서 고통을 느끼고, 죄의식으로 얼룩진 내면으로 달아나 한껏 웅크렸던 청년, 세계의 부조리함에서 불안과 소외를 겪으며, 폐결핵과 고독이라는 견고한 성 안에 유폐되었던 청년, 20세기가 낳은 가장 문제적인 작가, 체코의 유태인 게토에서 태어났지만 독일어로 소설을 썼던 카프카 바로 당신의 이야기입니다. 문학청년 시절, 당신이 그랬듯이 골방에 틀어박혀 나는 고립과 고독 속에서 당신의 「굶는 광대」나 「시골 의사」 같은 단편들을 필사하며 작가의 꿈을 키웠지요. 당신과 마찬가

지로 '문학이 주는 기묘하고 불가사의한 위안'에 기댈 수밖에 없던 탓이었겠지요.

몇 해 전 여름, 우리는 중부 유럽의 체코의 수도 프라하에서 여름 휴가를 보낸 적이 있습니다. 프라하가 당신이 나고 자란 도시라 기대가 컸지요. 당신은 이 고색창연한 보헤미아의 수도, 유태인 지구, 독일인 지구, 체코인 상인지구로 분할된 이 프라하를 두고 당신의 어머니라고 했지요. 거기에 덧붙여 "이 어머니는 여러 개의 발톱을 갖고 있다"고 했지요. 프라하 중심부를 가르는 볼타바강이 흐르고, 물결이 은비늘인 듯 반짝이는 강에는 백조들이 여럿 떠 있으며, 그 강을 가로질러 걸쳐진 카를교에는 예술가들이 악기를 연주하고 홈리스들이 멋진 개를 데리고 관광객들에게 푼돈을 구걸하고 있었지요. 그 풍경은 세상이 그다지 위험한 곳이 아니라는 신호를 주는 듯합니다. 길모퉁이를 돌면 마주치는 광장에는 '카프카'란 이름을 딴 카페도 있는데, 그 이름에 꾀어 들른 관광객들에게 칵테일을 터무니없이 비싸게 팔고 있었지요. 카를교를 건너면 '카프카 박물관'이 나옵니다. 전시품들이 기대만큼 풍성하지는 않지만 당신의 행적을 더듬어볼 수는 있었지요. 박물관 방명록에 꽤 긴 글을 남기고 밖으로 나왔을 때는 늦은 오후의 해가 서쪽으로 기울 무렵이었습니다.

당신이란 존재를 빚은 것은 프라하라는 도시, 유태인이라는 혈통, 아버지 헤르만 카프카, 타고난 유전적 기질 따위겠지요. 남부 보헤미아의 푸주한이던 할아버지 밑에서 자라난 당신의 아버지는 지방을 떠돌며 행상을 하다가 프라하에서 작은 양품점을 열었지요. 소매상점으로 시작한 사업이 번창해서 도매상점으로 규모가 커졌지요. 돈은 꽤 모았지만 아버지는 '천둥 같은 목소리'로 사람들을 제압하기 일쑤였지요. 섬세한 감정의 결을 지닌 당신은 매사에 큰소리로 윽박지르는 아버지와는 불화했지요. 키가 182센티미터나 되는 유태인 청년은 법학을 전공하고, 보헤미아 왕립 노동자재해보험공사에 재직하는 동안에도 틈날 때마다 여러 카페를 드나들며 지식인과 예술인들과의 유대를 이루면서 작가의 꿈을 키워갔지요.

당신은 1908년에서 1922년까지 14년 동안 공사 직원으로 근무했는데, 꽤 유능하다는 평가를 받았지요. 공사에서 퇴근하고 한밤중에 무언가를 끼적이는 것이 당신의 유일한 욕구였지요. 밤새워 소설을 쓴 탓에 피곤을 느낀 당신은 가끔 상사에게 거짓말을 했지요. 「판결」을 밤새워 쓴 이튿날에는 직장 상사에게 아프다는 핑계를 대곤 했습니다. 소설 쓰기가 당신의 가장 중요한 일이라는 걸 드러내

는 대목이 아닐 수 없습니다. 당신은 무엇보다 소설 쓰기에 열심이었지만 뜻밖에 신체 활동도 소홀하지 않았습니다. 당신은 공사에서 퇴근한 뒤에는 산책, 목공소 일, 승마, 수영, 조정漕艇 같이 몸을 쓰는 활동에 매달렸습니다.

당신은 스스로가 행복하지 않다고 여기고 이런 사실을 친구에게 쓰는 편지에서도 피력했습니다. 당신은 '행복의 문턱'을 넘어서는 데에 어려움을 겪습니다. 어쩌면 당신은 애초 불행의 기질을 타고 난 것이 아닐까, 라고 생각했던 때도 있었지요. 하지만 청소년기에 보여준 당신의 활력과 명랑성을 보면 그런 예단은 틀린 게 분명합니다. 당신이 시골 의사인 외삼촌 지크프리트 뢰비의 집에서 이종사촌들과 어울릴 때 청춘의 특권으로 비상한 쾌활함을 누릴 수 있었지요. 젊고 명랑한 사촌 누이들과 어울려 오토바이도 타고, 수영도 하고, 건초더미에서 잠들기도 하고, 때로는 그 누이들과 당구도 즐기고, 산책도 하고, 숲속으로 춤을 추러 갔지요. 당신은 나중에 이 시절을 회고하며 이 세계에서 누린 완전한 행복의 순간이었다고 고백했지요. 당신이 청소년기의 특권으로 행복한 시절을 누린 건 누구도 부정할 수 없는 분명한 사실입니다.

당신의 율리에 보리체크나 펠리체 바우어, 밀레나 예젠스카와 같은 여성과의 연애는 머뭇거림과 실패 사이에서 부유하는 보트처럼 떠 있었지요. 당신의 사랑은 가볍지 않았는데, 그럼에도 사랑에서 늘 어려움을 겪습니다. 당신이 사랑하는 연인에게 남긴 숱한 연애 편지는 순정한 내용으로 채워져 있습니다. 그만큼 제 존재를 상대에게 헌정했다는 증거이겠지요. 어쩐 일인지 당신은 사랑에서 실패와 난파의 운명을 피하지 못했습니다. 어쨌든 약혼과 파혼을 하면서도 끝내 결혼까지 성공한 적은 단 한 번도 없었지요. 이전에 한 번도 보지 못했던 타오르는 불꽃 같았던 밀레나에게 썼던 편지는 당신 사후『밀레나에게 보내는 편지』란 책으로 엮여 출판되기도 했지요.

1986년 프라하의 한 헌책방에서 뜻밖에도 당신이 아버지에게 쓴 편지 한 묶음이 발견되었지요. 당신에게 엄혹한 훈육의 주체인 아버지는 집과 가게에서 법의 화신, 아니, 법 그 자체로 군림했지요. 당신은 그런 아버지 앞에서 늘 불안과 함께 인생 최대의 굴욕을 느꼈습니다. 당신은 아버지와 마셨던 맥주에 대해서도 썼더군요. "저는 항상 술이 잘 깨지 않았지요." 이런 사소한 고백은 당신이 얼마나 사랑스러운 사람인가를 새삼 느끼게 합니다. 아마도 당신은 술이 센 편은 아니었나봅니다. 누군가는 이 편지들에서 생의 막바지에

이르러 아버지와의 화해를 시도한 흔적을 엿볼 수도 있겠지요. 당신은 이것도 저것도 이루지 못한 채 세상을 떴습니다. 1924년 6월 3일, 빈 근처의 한 요양원에서 사망한 뒤 프라하의 동쪽에 새로 조성된 유태인 공동묘지에 묻혔습니다.

고독의 반려자여, 41세는 세상과 작별하기에는 너무나 이른 게 아닐까요?

고립된 영혼의 절망 속에서도 세계 어디서나 찾을 수 있는 폭력이나 부조리함에 맞서 끝없는 용기와 투쟁을 보여준 당신에게 늘 감사합니다.

안녕, 안녕, 늘 연애에 실패했던 우리들의 카프카!

이명들은 당신의 내부에서 태어나

자아의 완결성, 통합성, 일관성을 부정하면서

저마다 다른 생각, 다른 삶을 꿈꾸는 시인들이지요.

당신은 말합니다.

"그들은 내 안을 지나간다. 그들은 내 생각들이 아니라,

내 속을 지나가는 생각들이다"라고!

Fernando Pessoa

(1888~1935)

To. 페르난두 페소아

왜 그토록 많은 이명이 당신에게 필요했을까요?

이름은 곧 우리 존재의 거푸집이자 요람, 본질을 육화한 가면! 우리는 늘 이름으로 호명되며, 이름으로 살아가지요. 한 이름으로 살면서 이름에 얹힌 운명을 수납하지요. 이름이란 존재의 형질이 굳어진 하나의 주문呪文이자 불가피한 운명일 겁니다. 삶이란 그 이름 안에서 치르는 수많은 전쟁! 어쩌면 '나'를 빚은 것은 그 이름 안에서 치른 무수한 전쟁이겠지요. 우리의 영욕榮辱은 늘 그 이름과 함께 할 테니까요.

"나는 얼마나 많은 영혼을 가졌는지 몰라"라고 말하는 리스본의 영혼, 그건 페르난두 페소아, "숨을 거둘 때까지 하루도 글쓰기를 멈추지 않았"다는 당신을 수식하는 표현이지요. 70여 개도 넘는 이명

異名 속에 숨어서 활동한 당신은 늘 자아의 다중성 속에서 사유하고 상상했겠지요. 왜 그토록 많은 이명이 당신에게 필요했을까요? "내 속엔 내가 너무도 많아"라는 노래가 있고, 셰익스피어의 희곡 대사 중에 "내가 누구인지 말해줄 수 있는 사람은 누구인가?"라는 말도 있지요. 내 안의 '나', 흔히 자아라고 부르는 것은 복잡성을 품고 있기에 그만큼 말하기가 어렵습니다. 자아의 복잡성은 이 자아가 자주 모습을 바꾸기 때문이지요. '나'는 타인과 구별되는 단일한 경험의 주체, 과거의 경험을 통해 빚어진 성격과 정체성의 주체, 자기 진로를 결정하는 자아실현의 주체를 가리키지요. 당신은 자기 안에 낯선 자아들이 들끓고 있음을 예민하게 인지했겠지요. 당신의 자아는 분열 속에서 새롭게 나타나는 "예상치 못한 불청객"이었지요.

『불안의 책』으로 널리 알려진 당신은 1888년 포르투갈 리스본에서 태어났지요. 5세 때 아버지가 죽은 뒤 어머니가 더반 주재의 영사와 재혼을 하자 당신은 가족을 따라 리스본을 떠나 남아프리카공화국에서 성장했지요. 18세 때까지 문학청년으로 성장해 영어 교육을 받으며 포르투갈어보다 영어로 글을 쓰는 일에 적응했지요. 1905년에 포르투갈로 돌아와 리스본대학교에 입학하지만 곧 대학교를 그만두고, 도서관 등지에서 영미문학을 포함해 다양한 문학 작

품을 읽으며 지냈지요. 1907년에 미국계 회사에 인턴으로 입사하고, 1911년에 세계문학전집의 번역에 참여했지요. 당신은 출판사 편집자의 초청으로 영국으로 건너가 번역 작업을 계속해달라는 요청을 받지만 거절한 뒤 1912년에 포르투갈의 『아기아』라는 문학잡지에 비평을 기고하면서 작가로서의 첫발을 내딛지요. 1915년 포르투갈 문학의 모더니즘 흐름을 이끈 잡지 『오르페우』를 동료들과 함께 창간하지만 『오르페우』는 단 2호만을 발간하고, 3호를 준비하다가 돈줄이 막혀 단명했지요. 당신은 무역회사에서 서신을 번역하는 일로 생계비를 버는 한편 시, 소설, 희곡, 평론, 산문 등을 가리지 않고 썼지요. 포르투갈어로 출간한 시집 『메시지』를 남기고 1935년, 당신은 불과 47세의 젊은 나이에 간경화로 세상을 떠났지요. 당신이 남긴 트렁크에는 모국어인 포르투갈어와 영어, 그리고 프랑스어로 쓴 시 원고들이 가득 들어 있었지요.

우리는 얼마나 많은 가면을 쓰고 살까요? 이름은 우리 영혼이 쓰고 있는 가면이지요. 세상에 없는, 혹은 미지의 존재에게 이름을 주고 호명할 때 또다른 존재의 세계가 열리겠지요. 세상에 없는 존재에게 이름을 부여할 때 그 이름으로 부를 수 있는 존재를 중심으로 한 가상의 세계가 펼쳐지지요. 하나의 이름에 갇힌 채 사는 권태나

환멸 때문일까요? 저도 어렸을 때 이명을 지어 노트에 뭔가를 잔뜩 끼적인 적이 있습니다. 그것은 나이되 나 아닌 자의 삶을 살아보려는, 내 안에 숨은 다중의 삶에 대한 희망, 상상으로 무한 확장된 삶에 대한 욕망이 불거진 것이었을까요. 이명은 다중인격의 페소아, 자아 확장을 꾀하는 페소아, 수많은 자아의 환영들, 복수複數의 페소아를 가리키는 기호이겠지요. 이명을 차용해 시를 쓴 것은 타자의 삶을 살고 싶다는 무의식의 욕망이 부추긴 것, 또한 '나'에게서 벗어나 또다른 도주선을 타려는 욕망이었겠지요.

내 안에서 낯선 영혼들이 출몰할 때마다 스스로가 생경해지는 경험은 누구나 겪습니다. 우리 자아는 끊임없이 변하고, 자아는 단일한 의미의 존재로 포획되지 않지요. 이 낯선 이방인들, 자아 안에 있지만 분열하는 이것으로 인해 우리는 정체성의 혼란과 위기에 직면하지요. 페소아, 당신은 이명뿐만 아니라 그 이명에 맞는 전력前歷, 직업, 문체, 특징, 별자리까지 가공해냈지요. 당신에게서 나왔으되 당신과는 다른 인물인 이명 시인은 가상의 세계를 사는 새로운 존재의 발명이겠지요. 페소아의 페소아의 페소아의 페소아의…… 분신들이라니! 당신에게 이명의 기원은 어린 시절까지 거슬러올라갑니다.

당신은 왜 그토록 많은 이명이 필요했을까요? 당신은 어린 시절부터 이명을 만들어 쓰는 놀이에 빠지곤 했지요. 이명은 자기 얼굴(정체성)을 가리는 일종의 '가면'이지요. 당신은 이명이란 가면을 쓰고 '광대극'을 벌인 것이지요. 1914년 3월 8일 알베르투 카에이루라는 이명 시인을 발명하고, 그 이름으로 서른 몇 편의 시를 단숨에 써낸 뒤 그 심경을 "말로는 형언할 수 없는 일종의 황홀경"이라고 했지요. 양을 쳐본 적이 없음에도 불구하고 자신의 영혼이 목동과 같다고 노래하는 목가적인 시인을 불러낸 것이지요. 자연이건 사물이건 눈을 뜨고 보는 게 중요하지요. 본질은 심연에 숨어 있는 게 아니라 차라리 표면에 있기 때문이지요. 당신은 안 보이는 신은 믿지 않지만, 신이 꽃이고 나무이고 언덕이고 태양이고 달이라면, 분명 신을 믿는다고 말했지요.

또다른 이명 시인 알바루 드 캄푸스는 기계문명의 찬란함을 시적으로 표현하길 욕망했던 모더니스트였지요. 그는 산업화 시대의 총아인 기계에 주목하며 전깃불과 기계들에 인간 영혼을 겹쳐보며 상상력의 날개를 펼쳤지요. 기계처럼 완전해지기를 욕망한 시인, 캄푸스는 가장 오랫동안 당신과 함께하면서 "미친 쌍둥이 형제"라고 불리웠지요. 당신은 어린 양이 되기를 소망하고, 언덕배기에 흩어

져 있는 양떼와 더불어 행복해지기를 갈망한 목가적인 시인 알베르투 카에이루와 기계문명에서 황홀경을 느끼는 알바루 드 캄푸스 사이에서 분열하고 분화하지요. 이명들은 당신의 내부에서 태어나 자아의 완결성, 통합성, 일관성을 부정하면서 저마다 다른 생각, 다른 삶을 꿈꾸는 시인들이지요. 당신은 말합니다. "그들은 내 안을 지나간다. 그들은 내 생각들이 아니라, 내 속을 지나가는 생각들이다"* 라고!

* Fernando Pessoa, *Páginas Íntimas e de Auto-Interpretação*, Lisboa: Ática, 1966.

당신의 시는 남성중심의 세계에서

금지된 여성의 문자가 가닿은 아스라한 경지였지요.

당신은 일찍이 직관과 감각으로

야만의 세계에 태어나는 일의 고통을 알아채고,

공기 속에 떠도는 죽음의 방향을 기막히게 맡는 여성 사제였어요.

Sylvia Plath

(1932~1963)

To. 실비아 플라스

죽음의 방향을 기막히게 맡는 여성 사제였지요

가을이 왔습니다. 가을은 도처에서 이루어지는 수확과 조락凋落 속에서 예감과 기미로 발견되겠지요. 주인은 포도를 다 수확한 뒤 포도원을 떠나버렸지요. 이제 포도원은 봄이 오기 전까지 텅 비겠지요. 밤이 와서 달빛으로 가득찬 빈자리에는 초록이 다하여 떨어진 갈색 잎들을 몰고 다니는 바람이 주인 노릇을 대신 하겠지요. 과일과 곡식의 수확이 끝난 뒤 가을은 '텅 빈 충만'이라는 모순형용으로만 의연하겠지요. 어쩌면 찬 서리 내린 뒤 떨어지고 바스라지며 죽어가는 것들, 즉 쇠락과 작별이 머문 풍경 속에서 얼마간의 우수와 멜랑콜리를, 얼마간의 피로와 슬픔과 사랑을 품을지도 모릅니다. 절반 남은 술병과 치사량의 고독은 사양합니다. 다만 홀로 침잠과 침묵에 몰두할 때, '시 없는 삶'을 견디는 일은 삭막하겠지요.

가을의 평온 속에서 실비아 플라스, 당신의 시집을 읽습니다. 1980년대 중반, 당신은 한국에 널리 알려진 시인은 아니었지요. 당신의 시집 『거상巨像』이 처음 국내에 번역되어 소개된 건 1986년인데, 나는 시집 번역과 출간에 깊이 관여했지요. 당신은 1950년 스미스대학을 우등으로 졸업하고, 풀브라이트 장학생으로 영국 캠브리지대학교로 유학을 가서 청년 시인 테드 휴스와 만나 결혼을 하지요. 7년 뒤 두 아이의 엄마가 된 당신은 남편의 외도로 인한 별거, 불안과 우울증에 빠져 런던의 메마른 추위가 극성을 부리던 1963년 2월, 한 아파트에서 가스 오븐을 켠 채로 자살했지요. 그건 불행을 낳은 야만의 신을 향한 복수극이었지요. 무의식적 내러티브, 자아가 겪는 수난, 원초적인 죄의식과 백일몽, 일렉트라 콤플렉스, 분노와 광기, 자기 파멸에의 유혹, 사랑의 파괴성에 대한 압도적인 이미지들로 뒤덮인 시들은 사후에 비평가들의 주목을 받았지요. 시인들은 어떤 상징 속에 자기 드러내기를 좋아합니다. 「은유」도 그런 시이지요.

난 아홉 음절로 된 수수께끼,

코끼리, 육중한 집,

두 개의 덩굴손 위에서 거니는 멜론,
오 붉은 과일, 상아, 좋은 재목들!
발효되느라 크게 부풀어오른 이 빵덩어리,
이 두둑한 지갑에서 새로 주조된 돈,
난 수단이고, 무대이며, 새끼 밴 암소,
난 녹색 사과 한 부대를 먹고는,
내릴 수 없는 열차에 올라탔어.

—「은유」 전문*

"난 수단이고, 무대이며, 새끼 밴 암소" 속에 드러난 것은 고결함도 의미도 없는, "죽음 주식회사"의 대주주로 살아가는 자신에 대한 잿빛 비하의 이미지이지요. 죽음의 압도적인 부정 속에서 자기 비하의 감정이 만들어졌겠지요. 죽음에 대한 선험先驗을 품은 당신에게 "녹색 사과 한 부대를 먹고" 올라 탄 "내릴 수 없는 열차"란 죽음의 불가피함에 대한 은유였겠지요.

당신의 시는 남성중심의 세계에서 금지된 여성의 문자로, 피로 쓴 여성주의의 시가 가닿은 아스라한 경지였지요. "아아 도대체 나는 누구란 말인가,/이 때늦은 입들이/서리 내린 숲속에서 팔랑개비국

화들이 맞이하는 새벽녘에 크게 입을 벌린 채 울부짖어야 한다니."*(「10월의 양귀비꽃」) 자기 생의 불운과 모순을 응시하고 자기가 누구냐고 물으며 울부짖는 입, 삶에 대한 회의와 불안을 주체하지 못한 채 주기적인 자살 기도, 죽음의 극화, 그리고 출현 빈도가 높은 죽음의 이미지들로 교직된 시를 쓴 당신! 당신은 일찍이 직관과 감각으로 야만의 세계에 태어나는 일의 고통을 알아채고, 공기 속에 떠도는 죽음의 방향芳香을 기막히게 맡는 여성 사제였지요. "죽는 것은 하나의 기술技術" "난 그걸 특히 잘 해내요", 죽는 게 "내 천직이라 해도 좋을 거예요"*(「라자로 부인」)라고 고백하고, "이곳은 따분한 학교/난 어떤 꿈도 갖지 않은/뿌리이고, 돌이고, 올빼미 똥이에요"*(「생일을 위한 시—1. 누구일까」)라고 폭로합니다. 당신은 시가 "피의 분출"이라는 사실을 온몸으로 증명하며 세상과 작별했지요.

우리 안에 삶을 향한 충동과 죽음을 향한 충동이 함께 내재되었다는 게 프로이트 유의 정신분석학이 내세우는 가설이지요. 프로이트 학설에 따르자면 자기가 아닌 다른 생명의 탈취, 즉 다른 생명을 죽이는 것은 제 안의 죽음 공포에 대한 하나의 해결책인 것이지요. 당신이 10년 주기로 반복해서 시도한 자살, 기어코 성공한 자살은 그 죽음 본능의 실현이라고 말할 수 있겠지요. 이 죽음 본능의 기원은

어디일까요? 어린 시절에 겪은 아버지의 죽음은 당신의 실존에 새겨진 원체험이었지요. 아버지가 죽었을 때 당신은 겨우 8세 아동이었지요. 그것은 한 소녀가 감당하기 힘든 죽음 공포와 더불어 분리불안을 일으킨 사건이었지요. 당신은 무의식 속에 새겨진 이 원체험과 평생을 싸우다가 결국 32세라는 짧은 생을 마감했지요.

'아빠'는 당신에게 찬미의 대상인 "남성 뮤즈"이자 숭배해야 할 "신"이지요. '아빠'는 장엄한 거상, 가부장제의 질서와 억압적 힘의 실체지요. 혈육이자 양육자인 동시에 혐오의 대상인 '아빠'는 당신의 무의식 안에서 '거상'이었지요. "양羊의 뿔 모양을 한 당신의 왼쪽 귀 속에 쭈그리고 앉아" "붉은 별들과 자줏빛 별들을 헤아"*(「거상」)리는 구절은 아버지를 향한 그리움, 아버지에 대한 강박관념에 사로잡힌 무의식을 무심코 드러내지요. 당신은 이 복합적인 감정 속에서 헤어나지 못한 채 자기 살해라는 방식으로 일렉트라 콤플렉스라는 감옥에서 풀려나고자 했지요. 세번째 자살 기도에서 자기 자신을 파괴하면서 당신의 자아와 포개지는 '아빠', 그 남성 뮤즈, 악마, 파시스트, 흡혈귀, 나치의 하수인, 개자식도 상징적 죽임을 당한 것이지요. 당신이 "아빠, 아빠, 이 개자식, 이젠 끝났어"*(「아빠」)라고 부권父權 숭배 신화의 몰락을 선언했을 때 당신의 시는 반권위주

의에 대한 봉기이자 곧 다가올 미국 페미니즘의 불꽃을 위한 작은 밑불로 타올랐지요. 모성 신화에 얽매였었던 여성들이 자기 일을 찾아 가정의 울타리를 뛰어넘었을 때, 여성들은 새로운 젠더 규칙과 질서 안에서 자기 언어로 자기를 발명하기 시작했지요.

낮은 따뜻하고 밤은 차가워지는 계절이 깊어갑니다. 활엽수의 잎들은 조용히 지고, 아무 일도 일어나지 않은 채 흘러가는 가을의 날들. 당신이 있는 그곳도 밤에는 숲에서 풀벌레들이 쓸쓸하게 울고, 해류海流 같은 바람이 휘젓는 공중에 흰 달이 뜨나요? 당신은 이 가을의 고요와 평온 속에서 무엇을 하며 지내나요?

---

* 실비아 플라스, 『거상』, 윤준 · 이현숙 옮김, 청하, 1986.

당신은 왜 죽었나요?

고독이란 사치 탓인가요?

아니면 절망과 따돌림 탓인가요?

당신의 얼굴에 서린 삼엄한 침묵은

이 세상의 어떤 오탁도 감히 침범할 수 없는

깨끗한 고독의 응결이었지요.

權 鎭 圭

(1922~1973)

To. 권진규

고독의 견결함을 빚은 뒤 표표히 적멸의 길로 들어선

"인생은 공空, 파멸破滅"이란 유서를 남기고 죽은 한 천재 조각가, 죽은 뒤 유해는 부모 형제가 잠든 망우리 공동묘지에 묻힌 그 사람을 아십니까? 아틀리에 한쪽 벽에 "범인凡人엔 침을, 바보엔 존경을, 천재엔 감사를"이란 휘갈긴 글귀를 남기고 떠난 당신, 비극을 양조釀造하는 운명 속에 투신한 당신, 우리에겐 오랫동안 잊혀졌던 당신을 기억해야 할 의무가 있지요. 말과 양의 머리, 불상들, 비구니와 사미승, 지원 · 애자 · 경자 · 혜정 · 선자 · 명자 · 예선 · 희정 · 순아와 같은 평범한 이름의 여자 두상을 빚은 아름다운 테라코타를 남긴 당신, 조각으로 인간 정신의 위대함을, 고독의 견결함을 빚은 뒤 표표히 적멸의 길로 들어선 당신 이름은 권진규입니다.

인간은 고독합니다. 인간이 사회적 동물이고, 타인과의 친밀한 애착 욕구가 들끓는 한 이 말은 진실을 담보하겠지요. 외롭다고 다 고독에 이르는 것은 아닙니다. 사람들은 고독과 외로움을 혼동합니다. 외로움이 느낌이고 감정의 한 형태라고 한다면, 고독은 실존에 대한 깊은 인지적 각성에 더 가깝지요. 누군가 '나 외로워!'라고 말한다면 그건 혼자 고립되어 있을 때 겪는 우울한 감정을 가리키는 것이지요. 우리가 세계-내-존재로서 겪는 외로움은 얇은 고독, 연소가 되지 않는 불완전한 고독이지요. 외로움은 누구나 겪지만 고독은 아무나 겪을 수 없지요. 자기 존재에 대한 깊은 성찰에서 얻은 고독을 존재의 도약대로 삼는 자들이 있습니다. 극히 소수에게만 고독은 대의이고, 이념이며, 존재의 역량이겠지요. 또 누군가에게 고독은 피의 불가피한 기질, 즉 인간 본성의 중요한 성분이겠지요. 고독은 예술가들이 선택하는 자기 수련의 길이자 명예로운 작위爵位이겠지요.

1973년 5월 4일 오후 6시, 서울 성북구 동선동의 좁은 아틀리에로 서향의 창을 통해 뉘엿뉘엿 지는 해가 쏟아내는 빛이 벽면을 물들일 시각이었지요. 이 세상에서 가장 고독했던 조각가 권진규, 당신은 유서와 장례비용을 남기고 이승의 고독과 작별을 고하지요. 미

의 피안 길에서 고독을 벗 삼아 방황하며 제 몸을 불사르던 당신! 당신은 그렇게 고독이라는 작위를 얻고 순교자의 반열에 들었지요.

당신은 일제강점기 때 함흥의 한 유복한 집안의 둘째 아들로 태어났습니다. 아버지 권정주는 일본 와세다대학 상과를 졸업하고 광산업과 석유 도매상 등을 경영하며 부를 일군 인물이지요. 당신은 두 해 동안 늑막염을 앓은 탓에 뒤늦게 함흥보통학교를 졸업하고, 아버지의 사업체가 있던 강원도의 춘천고보를 다녔어요. 호걸을 꿈꾸며 호연지기를 탐하던 춘천고보 시절 당신은 성적이 뛰어났지만 예술가의 기질이 돋보인 건 아니었죠.

1943년 2월, 당신은 도쿄에서 의과대학에 다니는 형 권진원을 따라 경성을 거쳐 철도편으로 부산으로 내려가 부산항에서 관부선을 타고 일본으로 건너가지요. 22세의 청년은 도쿄에서 미술 강습소를 다니며 미술대학 입학 준비를 하던 중에 징병을 피해 징용을 갔지요. 당신이 일한 곳은 도쿄 근처 다치가와에 있는 비행기 제조 공장, 히다치 공장이었지요. 그러다가 일본을 탈출해 고향으로 돌아와 함흥 교외에 동굴을 파고 세 계절을 숨어지냈지요. 해방 이듬해 이쾌대라는 천재 화가가 운영하는 서울의 성북회화연구소에 다니며 그

림 공부에 전념했지요.

1948년 8월, 다시 일본으로 건너가 미술 공부를 할 기회를 잡는데, 당신이 도일을 서두른 건 의대를 졸업한 형이 폐렴에 걸려 병간호할 사람이 필요했기 때문이지요. 당신은 형의 병간호를 하면서 사설 학원에서 미대 입시를 준비했지요. 이듬해 형이 죽고, 당신은 일본 무사시노 미술대학 조각과에 입학했어요. 로댕의 정통을 이은 부르델 문하에서 서양 근대 조각을 익힌 시미즈 다카시에게서 조각의 기초 문법을 사사한 것은 당신의 행운이었지요. 1952년 도쿄미술관의 공모전에 석조 작품의 입상을 시작으로 특선과 입선을 하는 한편, 동북아시아 고대예술에서 영감을 받은 작품을 잇달아 내놓으며 두각을 나타내지요. 1959년 9월, 당신은 돌연 귀국을 서두릅니다. 당시 동거하던 무사시노 미술대학 동창인 일본인 여성 도모와의 혼인신고를 마치고, 형의 유골과 작품들을 안고 전쟁으로 헐벗은 고국으로 돌아왔지요. 그 결단은 "탈바꿈에의 내적 요청"*이라는 절박함이 부추긴 것이었지만 그 귀국은 결과적으로 잘못된 선택이 되었지요. 당신이 가난과 고독에 휘둘리고, 불행의 막다른 골짜기로 내몰리는 빌미가 되었으니까요. 그 많던 아버지의 유산은 친지의 사업 실패로 날아가고, 당신에게 돌아온 건 성북구 동선동 언

덕에 지은 작은 가옥 한 채뿐이었지요.

아내 도모가 일본으로 돌아가고 여섯 해 동안 혼자 살던 중 한때 전화 교환원인 여성과 재혼을 했지만 곧 헤어졌지요. 일본에서 우편으로 보낸 이혼 서류에 도장을 찍고 도모와의 혼인 관계를 정리한 것은 1965년이었지요. 그뒤 고독이라는 내상을 입은 당신은 줄곧 혼자 지냈습니다. 서울대, 홍익대, 덕성여대, 수도여사대 등에 출강하며 작품에 전념하지만 국내 화단은 당신을 외면했지요. 1971년 12월, 명동화랑 개관 1주년 기념 '권진규 조각작품전'을 연 명동화랑 대표 김문호는 당신의 조각을 사달라고 팔방으로 뛰어다녔지만 결과는 참담했지요. 사회 전체가 '천재의 작품'을 냉대한 것에 절망하고, 그 절망 끝에 뱉은 "끝에 고사枯死하리라"**라는 당신의 말은 훗날 맞을 파멸의 예언이 되었지요. 국내 화단의 고질인 파벌 의식, 고혈압과 신장염 같은 질병의 피습, 뼛속까지 파고드는 가난과 고독에 진저리치던 당신은 구질구질한 삶의 누추함을 연장하기보다는 깨끗한 절명을 택했던 거지요.

당신은 왜 죽었나요? 고독이란 사치 탓인가요? 아니면 절망과 따돌림 탓인가요? 당신과 나는 단 한 번도 만난 적이 없습니다만 나는

당신의 〈가사를 걸친 자소상〉 도판을 보고 전율하던 순간을 잊을 수가 없어요. 긴 목에 민머리, 허공을 매섭게 응시하는 눈, 솟은 콧대, 꽉 다문 입매, 얼굴에 서린 삼엄한 침묵은 이 세상의 어떤 오탁도 감히 침범할 수 없는 깨끗한 고독의 응결이었지요. 성聖과 속俗, 착란錯亂과 평상平常의 길 어딘가에서 번민하며 돌아오는 당신, 오른쪽 어깨를 감싼 주황색 가사袈裟는 그 침묵의 기원이 어딘지를 짐작케 하지요.

당신의 고독에 명예를, 고독을 외면한 대중의 얕은 즐거움에는 치욕을!

지금 머무는 그곳이 당신이 찾은 미의 피안이기를 빕니다.

---

* "건칠전 준비 중인 조각가 권진규씨", 조선일보, 1971년 6월 20일자 5면.
** 권진규, "예술적 산보", 조선일보, 1972년 3월 3일자 5면.

당신은 선망을 받는 신여성에서

하루아침에 비난과 멸시를 받는 여성으로 전락했습니다.

그 전락은 여성 정조에 대한 가부장제 사회의 낡은 이데올로기가

정치적 올바름과 예술적 재능을 두루 갖춘 한 여성을

어떻게 파멸시키는가를 적나라하게 보여주지요.

羅 蕙 錫

(1896~1948)

To. 나혜석

당신은 이 낡은 세계에
너무 일찍 도착한 선각자였지요

우리 생은 얼마만큼의 불운과 절망을 품고 있는 것일까요? 그걸 투명하게 수량화할 수는 없겠지요. 다만 작은 불운은 큰 불운에게, 작은 절망은 큰 절망에게 삼켜진다는 사실을 알 뿐. 당신이 시대와의 불화 속에서 얼마나 큰 절망을 견뎌냈는지를 나는 짐작조차 못하지요. 좋은 집안에서 명민한 머리를 타고난 당신이 나락으로 떨어진 것은 믿을 수 없는 사태지요. 근대의 들머리에 일본 유학을 다녀온 서양화가, 당대의 빼어난 패션 아이콘, 날선 필봉을 휘두른 자유주의 사상가요 문필가로 알려진 당신은 이혼과 더불어 바닥이 없는 나락으로 추락하지요. 낡은 도덕에 고착된 사회는 물론이거니와 가족에게서 따돌림을 당한 채 당신은 행려병자로 떠돌다가 거리에서 생을 마친 비운의 주인공이 되고 말지요.

당신 이름 나혜석 뒤엔 적어도 세 개쯤의 느낌표를 붙이고 싶지요. 당신은 서양화가이자 작가임을 넘어서서 가부장제 사회에서 여성 가사노동의 가치를 물으며 여권 운동에 나선 사람, 여자도 "사람이다. 그다음에 여자다. 그러면 여자라는 것보다 먼저 사람이다"*라고 말하며 여성 인권에 대한 또렷한 인식을 보여준 사람, 1927년 외교관 남편과 함께 시베리아를 거쳐 프랑스, 영국, 스페인, 미국 등지를 여행하며 여성 선각자로서 깨인 사람, 신문과 잡지에 자유연애, 생활 개선에 관한 글들을 쓰며 최소한 백 년은 앞선 페미니스트로 산 사람입니다. 또한 당신은 '현모양처라는 이데올로기'에 저항하며 여성 주체로 꿋꿋이 섰으나 사회적 따돌림으로 이 땅의 여성 중 가장 슬픈 운명을 맞이한 사람이었지요. 아, 당신은 이 낡은 세계에 너무 일찍 도착한 선각자였지요.

1941년 어느 날, 화가 이승만의 집 문 앞에 걸인 여인이 나타났습니다. "저, 나혜석이에요." 여인은 제 이름을 밝혔지만 화가는 믿을 수가 없었지요. "그럴 리가 있나요. 정말 나혜석 맞아요?" 그토록 유명짜한 명사로 화사한 아름다움을 뽐내던 여인은 간데없고 피폐해질 대로 피폐해진 얼굴에 누더기를 걸친 걸인 몰골이라니! 여인은

10여 년 전에 맡긴 외국 판화 여섯 점을 찾아 치마폭에 싸들고 사라졌지요. 친구 김일엽이 거처하던 예산의 수덕사에 얹혀지내다가 노자 한푼 없이 뛰쳐나와 거리를 떠도는데, 이때부터 정신착란 증세와 신체 마비 증상을 겪지요. 당신은 모성애에 이끌려 충남도청 산업국장인 전남편과 아이들이 사는 대전에 모습을 나타내지만, 경찰에 의해 내쳐졌지요. 반신불수로 이곳저곳 양로원을 떠돌던 당신은 1946년 12월 눈보라 치는 어느 날 거리에 쓰러져 시립 자제원市立慈濟院, 현재의 서울시립남부병원에 옮겨집니다. 당시의 관보에 따르면 사망 연월일이 1948년 12월 10일이나, 확인할 길은 없지요. 당신은 자식들에게 "네 에미의 묘를 찾아 꽃 한 송이 꽂아다오"**라고 부탁했지만 꽃 한 송이 꽂을 무덤은 이 지상 어디에도 없습니다.

당신은 1896년 4월 18일, 경기도 수원군 신풍면 신창리에서 태어났지요. 증조부는 호조참판을 지내고, 아버지 나기정은 시흥군수를 거쳐 용인군수를 지냈지요. 딸로는 첫째였던 당신의 성격은 활달하고 두뇌는 명석했지요. 1910년, 바로 아래 여동생과 함께 서울로 올라와 진명여자고등보통학교를 다니는 동안 기숙사 생활을 했지요. 당신은 여학교 시절에 이미 문학과 미술에 재능을 보이고, 졸업할 때 성적은 평균 99점으로 수석을 차지했지요. 일본 도쿄공대에 유

학중인 오빠의 권유로 도쿄여자미술학교 유화과에 입학한 당신은 유학생 동인지인『학지광』에 근대 여성의 권리를 주장하는 글을 내놓고, 유학생들로 조선여자친목회를 조직하여『여자계』라는 잡지 발간에 앞장섰지요.

21세 때 첫사랑 남자를 폐결핵으로 잃은 당신은 와세다대학 학생이던 춘원 이광수와 급속히 가까워지지만 춘원이 기혼인데다, 도쿄의 의학전문학교 학생이던 허영숙과 열애중이라 다들 당신을 뜯어말렸지요. 첫 부인과 사별한 변호사이자 당대 명사인 김우영과 당신이 결혼한 것은 1920년, 나이 24세 때였지요. 그 전해에 김활란, 신마실, 황애시덕, 박인덕, 김마리아 등과 이화학당 지하실에서 비밀집회를 갖다가 붙잡혀 옥살이를 할 때 김우영의 도움으로 면소처분을 받고 석방된 인연 때문이었지요. "일생을 두고 지금과 같이 나를 사랑해주시오. 그림 그리는 것을 방해하지 마시오. 시어머니와 전실 딸과는 별거케 해주시오"***라는 당신이 내세운 결혼 조건을 김우영이 군말 없이 받아들입니다.

이듬해 당신의 첫 개인전이 경성일보사 후원으로 경성일보 전시장인 내청각來青閣에서 열렸는데, "조선 유일무이한 여성 화가"의 '양

화 전람회'는 크게 주목을 받았지요. 매일신보는 전람회가 인산인해를 이루도록 대성황이었고, 이튿날엔 관람자가 4천, 5천 명에 달했다고 전했지요. 가부장제 유교 이념이 조선 여성에게 강요한 '정신의 코르셋'을 벗어던진 당신은 베를린에 가 있는 남편과 떨어져 혼자 파리에 머물렀지요. 당신은 당시 천도교 교령이며 널리 알려진 사회 명사인 최린이 파리에 왔을 때 안내를 맡았지요. 통역을 동반하고 식당과 극장을 가고, 유람선을 타고, 카페를 드나들다가 두 사람은 사랑에 빠졌겠지요. "나는 공公을 사랑합니다. 그러나 내 남편과 이혼은 아니하렵니다." "과연 당신의 할 말이오. 나는 그 말에 만족하오."**** 여성의 권리와 주체적 삶을 주장하는 당신은 "밥 먹고 싶을 때 밥 먹고 떡 먹고 싶을 때 떡 먹는 것"*****과 같다며 가부장제가 강요하는 통념에 맞서지만, 당신은 주류 사회의 관습과 통념을 거스르고 너무 앞질러간 데 따른 면죄부를 얻지는 못했지요. 당신의 염문이 돌고 돌아 김우영 일가의 귀에도 들어가고, 결국 1931년에 강제 이혼을 당하지요.

1934년 당신은 이혼 전말기 「이혼 고백서」를 월간지 『삼천리』에 2회에 걸쳐 전문을 연재하고, 최린에게 이혼보상비 청구 소송을 제기하면서 장안은 온통 당신 얘기로 시끄러웠지요. 당신은 선망을

받는 신여성에서 하루아침에 비난과 멸시를 받는 여성으로 전락했습니다. 그 전락은 여성 정조에 대한 가부장제 사회의 낡은 이데올로기가 정치적 올바름과 예술적 재능을 두루 갖춘 한 여성을 어떻게 파멸시키는가를 적나라하게 보여주지요. 여성으로 태어난 불행을 내재화시킬 때조차 꿋꿋함을 잃지 않고, "아이들아, 에미를 원망치 말고 사회제도와 도덕과 법률과 인습을 원망하라. 네 에미는 과도기의 선각자로 그 운명의 줄에 희생된 자이었더니라"*****는 당신의 말은 그대로 유언이 되었지요.

아아, 인생무상!

금생에서 겪은 영욕은 다 잊으시고 그 피안에서 늘 평안하시길 빕니다.

---

* 나혜석, 「경희」.
** 나혜석, 「외로움과 싸우다 객사하다」.
*** 나혜석, 「독신 여성의 정조론」.
**** 나혜석, 「이혼 고백장」.
***** 나혜석, 「신생활에 들면서」.

당신의 죽음은 단호하고 잔인했지요.

늘 죽음이 과대평가되었다고 단언하고,

다른 걸 찾으려고 애써봐야겠다고 당신은 말했지요.

당신은 지상에서 이룬 것과 이루지 못한 꿈을 다 버리고

지금 다른 별에서 다른 생을 찾으려고 애쓰는 건가요?

Romain Gary

(1914~1980)

To. 로맹 가리

한바탕 잘 놀았소.
고마웠소.
그럼 안녕히.

새들은 왜 페루에 가서 죽을까요? 새들은 왜 세상의 끝, 희망의 끝, 모든 끝의 끝인 페루의 외로운 바닷가까지 날아와 죽을까요? 맨발로 모래 위를, 죽은 새들 한가운데를 걸어가는 여자…… 턱수염을 기르고 시가를 문 무성영화 시대의 배우 같은 로맹 가리 당신의 사진을 바라봅니다. 안뜰의 우거진 나뭇잎들이 보이는 넓은 방에서 책들에 파묻혀 집필에 열중하는 당신, 글을 쓰는 것이 일종의 생리적인 욕구라고, 글을 쓰지 않으면 병이 날 거라고 말하는 당신, 아침 7시 카페에서 긴 의자에 앉아 에스프레소를 마시며 거기 세상이 다 있다는 듯 『르 피가로』『르 마탱』『해럴드 트리뷴』『렉스프렉스』『르 푸앵』『타임스』『라이프』 등을 천천히 들여다보는 당신!

당신이 48세 때 내놓은 단편「새들은 페루에 가서 죽다」를 읽던 시절은 아득히 멀리 있지요. 사기꾼과 허풍쟁이, 거짓말을 달고 사는 정치꾼과 가면을 쓴 익살꾼 들이 득실거리는 세상에서 삶이라는 게 하늘이 땅에 뿌린 농담에 지나지 않다는 걸 약간이나마 눈치챈 것은 스무 살 푸른 영혼의 시절이었지요. 이 천박하고 야비한 세상에서 웃음과 희망을, 사랑과 꿈을 잃고 대신에 한 번도 만난 적 없는 소녀를 연모하며, 자기 안에 약간의 슬픔, 약간의 우수, 약간의 멜랑콜리만을 기르기로 굳은 결심을 한 소년도 한 명쯤은 있는 법이지요. 나는 현실이라는 운석과 충돌한 채 내면으로 추락해버린 자의 절망만이 양식이 될 수 있다고 믿으며, 한여름에 두꺼운 옷을 걸친 채 음악 감상실 따위를 낭인처럼 떠돌거나 밤새워 이마를 벽에 짓찧으며 시 몇 줄을 얻곤 했지요.

1980년 12월 2일 저물 무렵, 파리에는 비가 내렸지요. 당신은 특수 38구경, 스미스앤웨슨 리볼버, 넘버 7099. 983을 입에 물고 오른손에 쥔 권총의 방아쇠를 당겼지요. 현장에서 즉사. 천공에서 빛나던 아름다운 별은 그렇게 떨어졌습니다. 다행히 당신 두개골은 날아가지 않은 채 온전했어요. 러시아 출신의 프랑스 작가인 당신의 인생은 그렇게 마침표를 찍고 말았지요. 당신의 주검을 검시한 법

의학자는 "멋지고 인상적인 죽음"이라고 했지요. 당신이 죽던 해에 나는 스물다섯. 그때는 당신을 잘 몰랐지요. 몇 해 지나 『새벽의 약속』 같은 자전소설을 읽으며 당신의 고단한 생의 여정과 어머니가 당신을 위해 헌신한 세월을 더듬을 수 있었지요. 당신이 내 뇌리에 각인된 것은 1976년 에밀 아자르라는 가면을 쓰고 내놓은 소설 『자기 앞의 생』과 만났을 때지요. 그 작품이 공쿠르상을 받은 뒤 국내 문학지 『문학사상』에 완역되어 소개된 것을 읽었지요. 에밀 아자르가 로맹 가리 당신이란 사실은 나중에 밝혀졌지요.

가난한 러시아계 유대인 이민자의 아들로 홀어머니와 함께 모스크바에서 '혁명과 궁핍의 발톱'을 피해 리투아니아와 폴란드 바르샤바를 경유해 프랑스 니스에 정착한 것은 당신이 13세 때였지요. 어머니는 니스에 정착한 뒤 폴란드에서 온 이주 유대인, 가난에 찌든 주변인인 외아들을 양육하는 데 최선을 다하지요. 어머니는 당뇨병을 앓으면서도 단 하루도 노동을 쉬지 않았지요. 당신에게 프랑스어를 가르치고, 〈라 마르세예즈〉를 외우게 한 것도 당신의 어머니지요. 집안에 돈이 떨어질 때 어머니는 굶을지언정 당신 밥상에는 늘 고기를 올렸지요. 당신의 성공 뒤에는 어머니의 광기에 가까운 영웅적 헌신이라는 밑거름이 있었던 거지요. 당신도 그런 어머니의

모성에 응답이라도 하듯『새벽의 약속』에서 이런 구절을 썼지요.

> 가끔 테이블 이쪽에 짧은 바지를 입고 앉아 눈을 들어 어머니를 바라보면, 이 세상은 나의 사랑을 담을 만큼 충분히 크지 못한 것처럼 느껴지곤 했다.*

니스에서 보낸 당신의 청소년기에는 친구가 없었지요. 우울에 감싸인 채 자기 내면에 칩거하는 비사교적 소년에게 친구를 품을 만한 여유가 없었던 것이지요. 당신은 칸트와 스피노자 같은 철학자의 책들을 탐독하며, 아무도 봐주지 않는 시, 단편소설, 희곡 들을 썼지요. 쉴새없이 써나간 습작 원고들이 당신 서랍에 쌓였지요.

제2차세계대전이 일어나자 당신은 프랑스군에 입대해서 '자유 프랑스' 공군 예하의 비행 부대에 배속되지요. 당신은 드골에게서 레지옹 도뇌르 훈장을 받은 전쟁 영웅으로, 다시 외교관으로 활동하는 동시에 세계적인 작가로 명성을 떨쳤지요. 당신의 첫 장편『유럽의 교육』은 호평을 받지만 공쿠르상 수상에는 실패했지요. 전후 프랑스의 물자 부족으로 종이 수급이 어려워 출판이 미뤄질지도 모른다는 소문이 돌았지만 당신의 첫 소설은 1년 만에 8만 부가 나가는

큰 성공을 거두지요. 프랑스 문단은 '놀라운 발견'이라며 당신의 등장을 반기고, 프랑스 언론들은 당신에 대한 온갖 전설을 지어냈지요. 알베르 카뮈는 당신에게 갈리마르 출판사에서 만든 총서에 참여해달라고 청탁하는 편지를 보냈지요.

당신이 프랑수아즈 사강의 소설이 원작인 영화 〈슬픔이여 안녕〉에서 여주인공을 연기한 그토록 청순하고 발랄한 21세의 영화배우 진 세버그를 만난 것은 45세 때. 당신과 진 세버그는 사랑에 빠져 스물넷이라는 나이 차를 극복하고 연인이 되었지요. 당신은 결혼 관계를 청산하고 49세 때 진 세버그와 결혼하지만 불과 다섯 해 만에 합의 이혼을 합니다. 당신들의 사랑이 식은 것은 아니었지요. 진 세버그가 41세 때 파리 16구의 한 주택가에 세워진 흰색 르노 자동차에서 푸른색 담요를 뒤집어쓴 채 싸늘한 주검으로 발견될 때까지 당신은 물심양면으로 보살폈지요.

당신의 자살은 진 세버그가 죽은 1979년 9월 8일, 그로부터 한 해 뒤에 일어난 비극. 그건 불가피한 사태였을까요? 당신은 흑표범당이라는 급진 단체와 연루된 진이 미국연방수사국FBI의 모함과 더러운 공작의 희생자가 되었다고 믿었어요. 진은 당신에게 FBI에서 유

출된 서류를 건네주었고 당신은 그 서류를 공개했지요. 당신의 자살과 진의 죽음을 굳이 연결하지는 않겠습니다만 당신은 깊이 사랑했던 여인을 잃은 뒤 갑자기 늙어버렸습니다. 한 지인은 당신이 파리 시내 지하철에서 노선을 몰라 허둥대는 모습을 목격했지요.

당신의 죽음은 단호하고 잔인했지요. 늘 죽음이 너무 과대평가되었다고 단언하고, 다른 걸 찾으려고 애써봐야겠다고 당신은 말했지요. 당신은 지상에서의 이룬 것과 이루지 못한 꿈을 다 버리고 지금 다른 별에서 다른 생을 찾으려고 애쓰는 건가요? 당신이 남긴 마지막 말을 독자에게 인사말 대신 전하지요.

한바탕 잘 놀았소. 고마웠소. 그럼 안녕히.

---

* 로맹 가리, 『새벽의 약속』, 심민화 옮김, 문학과지성사, 2007.

어느 시대에나 상처받은 짐승이

제 상처를 핥듯 제 불우함 속에서

외로움을 곱씹는 대중은 제 노래를 불러줄 가수를 찾지요.

배호 형님, 당신은 바로 그런 가수였지요.

당신의 동굴 속을 울리는 깊은 저음에 실린 선율은

잃어버린 사랑에서 나오는 탄식과 서러움을 머금고 있지요.

裵湖

(1942~1971)

To. 배호

거기 천국에서도 노래를 부르십니까?

너무 일찍 이 세상에 왔다가 너무 일찍 이 세상을 등진 가객 배호! 당신을 알던 세대는 줄고 당신의 이름조차 모르는 세대가 더 많아졌지요. 오늘 당신 노래가 유독 듣고 싶은 건 어떤 까닭일까요? 당신 노래가 환기하는 저 1960년대의 정서, 그 흑백 스냅 사진에 담긴 추억이 그리워집니다. 기억에서 흐릿해진 풍물과 사건들, 즉 『선데이서울』, 처음 발급된 주민등록증, 흑백 대한뉘우스, 프로레슬링, 혼분식 장려 운동, 동백림 간첩 사건, '증산 수출 건설' 같은 생산 독려 표어들, 여배우 문희와 남정임이 인쇄된 새해 달력들, 엄앵란과 신성일이 주인공인 멜로 영화들, 백구두를 신은 박노식과 장동휘가 휘젓던 국내 액션영화들, 김희갑과 구봉서와 배삼룡 같은 전설적인 희극인들, 국민 소화제 활명수, 국민교육헌장, 재건 데이트, 달동네,

새끼줄에 꿰어 낱개로 팔리던 연탄, 봉지쌀…… 등과 당신 노래는 낙후와 가난이 평등하던 1960년대 한국 사회에서 손꼽히는 시대의 기호들이지요. 당신이 서른 전 병든 몸을 추스르며 〈마지막 잎새〉를 부르고 세상을 뜬 게 1971년이니, 벌써 반세기가 다 되어가네요. 당신이 29세에 세상을 뜰 때 나는 사춘기 소년이었지만 오늘은 당신을 형님이라고 부릅니다.

젊은 죽음을 요절이라고 합니다. 우리의 생이란 게 어둠 속에서 전기 누전으로 불꽃이 튀는 것만큼 찰나에 지나지 않는다고 하지만 일찍 죽은 이들에게선 어쩐지 비극의 냄새가 진동하지요. 유독 예술가들에게 요절이라는 슬픈 운명이 따라다니는 것은 왜일까요? 이상 26세, 윤동주 27세, 박인환 29세, 기형도 28세…… 일찍 죽은 시인들의 이름을 하나씩 불러봅니다. 연예인 쪽을 보자면 가수 김성재 23세, 배우 설리 25세, 가수 구하라 28세…… 이들도 20대를 채 마치지 못하고 세상을 떴지요. 가수 김광석이나 작가 전혜린은 31세에 세상을 떴는데, 이들에게도 죽음은 너무 일렀지요. 이렇듯 짧은 생은 마치 여름밤 하늘에 빗금을 그으며 사라지는 운석 같지요. 요절한 이들의 행운은 대중의 기억에서 영원한 청춘이라는 점이겠지요. 그들이 청춘의 파릇함과 맑다는 느낌을 간직하는 것은

노회함이나 죄와 타락에 물들기 전 생을 끝내고 청춘을 영원히 박제해버린 까닭이겠지요.

배호 형님, 당신의 노래에는 늘 비가 구죽구죽 내리고, 비에 젖어 한숨을 토해내거나 눈물을 흘리는 외로운 청년들이 서성이지요. "비에 젖어 한숨짓는 외로운 사나이가/서글피 찾아왔다 울고 가는 삼각지"(〈돌아가는 삼각지〉, 1966) 같은 가사가 전달하는 정서는 저 반세기 전 서울의 화사함과 풍요를 거머쥔 상류층이 아니라 농촌을 등지고 올라와 향수에 허덕이며 뒷골목을 배회하는 무단 상경자의 정처 없음과 막막함이었지요. 대도시에 산다는 것은 무슨 의미가 있는 걸까요?

어느 시대에나 상처받은 짐승이 제 상처를 핥듯 제 불우함 속에서 외로움을 곱씹는 대중은 제 노래를 불러줄 가수를 찾지요. 배호 형님, 당신은 1960년대 서울 상경자인 청년들이 찾던 바로 그런 가수였지요. 당신의 동굴 속을 울리는 깊은 저음에 실린 선율은 잃어버린 사랑에서 나오는 탄식과 서러움을 머금고 있지요. 근대화의 날개를 달고 비상하려는 개발도상국가의 수도 서울의 홍청망청 소비로 이루어진 화사한 삶 바깥으로 밀려난 자들, 서울 변두리를 떠돌

며 곤핍한 살림살이와 하찮은 노동에 시달린 시대의 낙오자와 패배자의 쓰라림이었지요.

당신의 본명은 배만금, 1942년 4월 24일 만주에서 독립운동을 하던 배국민과 김금순 사이에서 삼대독자로 태어났지요. 1952년 아버지가 세상을 뜨는데, 10세 소년이던 당신에게 남은 유산은 가난과 '인간답게 살아라'라는 유언, 어머니와 여동생에 대한 부양 의무였지요. 부산의 한 고아원에 의탁한 채 성장하던 당신은 고등학교를 중퇴하고 고아원을 이탈해 KBS 방송국의 악단장인 외삼촌 김광수, 작곡가이자 MBC의 악단장인 김광빈을 찾아 무작정 상경하지요. 외가 혈통의 음악적 재능을 물려받은 당신의 첫 직장은 카바레의 청소부. 카바레 영업이 끝난 새벽 물걸레로 바닥을 닦아내고, 텅 빈 카바레에서 드럼을 두드리며 가수의 꿈을 키우던 당신은 곧 드럼 치는 악사로 신분 상승을 하지만 카바레 악사의 수입으로는 가족 부양조차 버거웠지요.

당신은 실력을 인정받아 외삼촌이 이끄는 김광빈 악단의 드러머가 되고, 이어서 1964년 김광빈 작곡의 〈두메산골〉을 취입합니다. 하지만 첫 음반은 그다지 주목을 받지 못했어요. 게다가 악식惡食과

거듭된 혹사, 불규칙한 생활습관으로 건강은 망가지고, 지병인 신장병은 나빠졌지요. 당신의 운명을 무단 점유한 불운과 불행이 잠시 한눈파는 사이에 가수 데뷔 2년째인 1966년 행운을 잡는데, 그것은 당대 최대의 히트작 〈돌아가는 삼각지〉를 취입한 것이지요. 당신은 이 노래로 정상에 우뚝 서고, 그해 MBC의 10대 가수상에 오릅니다. 하지만 불행은 당신을 비켜가지 않았지요. 몸을 바로 세우지 못할 정도로 신장병의 상태가 나빠진 것이지요. 생의 마지막까지 병원과 무대를 오가며 노래를 부른 당신은 〈안개 낀 장충단 공원〉 〈누가 울어〉 〈안개 속에 가버린 사랑〉을 연달아 내놓습니다. 하지만 가난과 병고로 망가진 몸이 성공이라는 열매를 삼켜버렸지요. 당신 노래에 열광하는 대중의 환호와 박수 소리가 귓가에서 환청처럼 맴돌다가 멀어져갑니다.

안개 낀 장충단 공원
누구를 찾아왔나
낙엽송 말없이 쓸어안고
울고만 있을까
지난날 이 자리에 새긴 그 이름
뚜렷이 남은 이 글씨

다시 한번 어루만지며

떠나가는 장충단 공원

—〈안개 낀 장충단 공원〉(1967)

배호 형님, 오늘 당신의 〈안개 낀 장충단 공원〉을 혼자 듣습니다. 가난의 족쇄에서 벗고자 몸부림치던 당신, 무대에서 중절모를 쓴 채 중후한 저음으로 노래하던 당신, 한국 대중가요사에 신화를 쓴 당신은 29세로 생을 마치고 우리 곁을 떠났지요. 하지만 당신 노래의 곡조가 팍팍한 살림에 지친 마음을 어루만지며 우리 곁에 남아 떠돌겠지요.

배호 형님, 거기 천국에서도 노래를 부르십니까?

거기에서 노래를 부를 때마다 꽃이 피겠지요.

〈아비정전〉에서의 배역인 '아비'와 당신은 하나로 겹쳐집니다.

평생 바람 속에서 지친 날개를 쉬다가

딱 한 번 죽기 위해 지상에 내려앉는 "발 없는 새"처럼

당신은 그렇게 세상과 작별을 하지요.

장국영, 당신은 그렇게 비극의 별로 떠올랐지요.

張國榮

(1956~2003)

To. 장국영

당신은 "우리 처음부터 다시 시작하자"고 했지만

버드나무 잎은 푸르고 길게 뻗은 가지는 낭창낭창한데, 가지를 싸고도는 바람은 부드러운 훈풍입니다. 만개한 흰 꽃은 대낮에 켠 환한 등燈인 듯 빛나고, 벌들은 꽃 둘레에서 잉잉거리지요. 이 봄날 불행의 총량을 혼자 짊어진 듯 살아야 할 이유는 없겠지요. 감자와 소금과 생강을 파는 장사꾼이건, 어린 쌍둥이를 돌보는 엄마건, 종일 주가 등락을 지켜보는 투자가건 누구라도 봄의 찬란한 빛을 누리기에 적당하겠지요. 우리 운명의 주요 성분이 슬픔이거나 고달픔일지라도 오늘은 흰 꽃 그늘 아래서 봄의 기쁨을 다디단 사탕처럼 입속에서 조금씩 아껴 먹어도 좋겠지요.

4월에는 의례를 치르듯 장국영, 당신의 영화를 봅니다. 당신이 4월

의 주인공인 셈이지요. 라이너 마리아 릴케가 「두이노의 비가」에서 "누가 승리를 말하는가? 오직 극복만이 전부인 것을"이라고 쓴 구절을 오랫동안 가슴에 품고 살았습니다. 비극이건 희극이건 삶에는 애초 승리가 있을 수 없다는 뜻이겠지요. 극복만이 전부라니! 거의 모든 인생이 해피엔딩이 아닌 것은 그 때문이겠지요.

해마다 4월 1일, 홍콩 만다린 오리엔탈 호텔 정문에는 우리 곁을 떠난 한 배우를 기리기 위해 백합과 사진, 그리고 편지들이 쌓이지요. 2003년 4월 1일, 당신은 늦은 점심으로 등심 스테이크를 주문하고 두 시간 뒤 호텔 24층에서 투신자살을 했지요. 사스라는 전염병이 습격한 도시가 봄비에 젖던 날이었지요. 당신은 "마음이 피곤하여 더이상 이 세상을 사랑할 수 없다"라는 말을 남기고 허공으로 몸을 날렸지요. 그날이 4월 1일, 만우절이었기 때문일까요? 당신의 자살은 놀라움과 함께 많은 수수께끼를 남겼지요. 외신으로 날아든 당신의 죽음이 거짓말 같던 그날의 기억이 또렷합니다.

1980년대 후반 한국에는 '홍콩 영화'라는 장르가 유행했지요. 성룡, 주윤발, 주성치, 유덕화, 알란탐, 종초홍, 양조위, 장만옥, 임청하, 왕조현, 유가령…… 같은 당대 스타들의 이름을 꿰어봅니다. 높

이 날고 싶지만 날지 못하는 날개를 가진 우리들. 홍콩 영화에는 그 시절의 상처와 슬픔, 실수와 좌절의 쓰라림, 서투름과 풋풋함이 녹아 있지요. 〈영웅본색〉이나 〈천녀유혼〉 같은 홍콩 영화를 보며 젊은 시절을 통과한 세대에게 그 영화들은 젊은 날의 추억을 소환하는 매개물이겠지요. 그 시절의 '홍콩 누아르'는 한 세대를 아우르는 정서의 패스포트 같은 것이었지요. 누군가는 불안과 우울의 정념에 사로잡히고, 누군가는 다시 돌아갈 수 없는 과거에 대한 멜랑콜리에 젖겠지요. 〈아비정전〉(1990) 이후 당신의 영화들을 챙겨보긴 했지만 솔직히 말하자면 나는 홍콩 영화를 그다지 좋아하는 편은 아니었지요.

> 세상에 발 없는 새가 있다더군.
> 날아다니다가 지치면 바람 속에서 쉰대.
> 딱 한 번 지상에 내려앉는데
> 그건 바로 죽을 때지.
>
> —〈아비정전〉에서 '아비'의 대사

〈패왕별희〉(1993)에서 여장을 하고 '우희' 역을 연기한 당신은 평범했지만 〈아비정전〉에서 러닝셔츠를 걸치고 맘보를 추던 당신 모

습은 꽤나 인상적이었지요. 〈아비정전〉에서의 배역인 '아비'와 당신은 하나로 겹쳐집니다. 평생 바람 속에서 지친 날개를 쉬다가 딱 한 번 죽기 위해 지상에 내려앉는 "발 없는 새"처럼 당신은 그렇게 세상과 작별하지요. 장국영, 당신은 그렇게 비극의 별로 떠올랐지요.

1960년대 홍콩을 배경으로 한 영화 〈아비정전〉에서 부모에게 버려진 '아비'를 연기하던, 아직 30대로 파릇파릇하던 당신의 표정에는 절절한 외로움과 우수의 그림자가 그대로 드러나지요. '아비'와 '수리진'(장만옥)은 동거를 하지만 결혼에 이르지는 못하지요. '아비'가 어느 한곳에 정착할 수 없는 남자였기 때문이지요. '아비'는 새 애인 '미미'(유가령)를 만나지만 결국 모두를 등지고 생모를 찾아 필리핀으로 떠나지요. '아비'의 생모는 왜 자신의 아들을 버리고 떠났을까요? 왕가위 감독은 영화에서 그 이유를 말하지 않습니다. 어쨌든 모성의 결핍 속에서 외로워하는 청년 '아비'는 생모를 만나지 못하고 돌아오지요. '아비'는 조직폭력배와의 싸움에 휘말려 기차에서 총을 맞습니다. '아비'는 자기의 비극적이면서도 허망한 최후를 예감이라도 한 듯이 숨을 거두기 전에 이런 대사를 내뱉지요. "내가 정말 궁금했던 게 내 삶의 마지막 장면이었어. 그래서 난 눈을 뜨고 죽을 거야."

당신이 맡은 배역들에는 당신이라는 캐릭터가 투영되었던 것일까요? 아마도 그럴지도 모르지요. 당신은 1956년 9월 12일, 처녀자리를 타고 태어났지요. 10남매 중 막내였지요. 훗날 당신은 어린 시절을 회고하며 "조금은 이상한 아이였다. 아이 같지 않았고, 말도 별로 없어서 사람들의 주의를 끌지 못했다"라고 했더군요. 부모가 당신을 유기한 것은 아니지만 당신은 어린 시절 충분히 사랑을 받지 못했다고 생각했지요. 영국 유학 중에 친척이 운영하는 레스토랑에서 아르바이트로 노래를 부르며 음악에 눈을 뜸으로써 당신은 새로운 인생을 시작할 준비를 하지요.

〈아비정전〉에서 〈동사서독〉(1995)을 거쳐 〈해피 투게더〉(1997)에 이르기까지 당신은 왕가위 감독과 함께 당신의 필모그래피에서 가장 중요한 영화들을 잇달아 찍었지요. 〈해피 투게더〉에서 '보영'(장국영)은 동성의 연인 '아휘'(양조위)와 만남과 헤어짐을 반복하는데, 그것은 '보영'의 바람둥이 기질 때문이지요. 두 연인은 이구아수 폭포를 보러가던 중에 대판 싸우고 헤어지지요. 이 영화는 동성애라는 소재를 품고 홍콩이 중국으로 반환되는 시기의 불안한 공기가 떠도는 1990년대 말을 배경으로 삼습니다. 주인공들은 왜 그토

록 먼 아르헨티나의 이구아수 폭포로 가는 여정을 마다하지 않을까요? 그곳은 현실 너머 피안을 찾는 이들의 지난한 행로를 보여주려고 차용된 것이었을까요?

만일 인생이 한 편의 영화라면 우리는 주인공을 맡아 내레이션을 하겠지요. 덧없음과 아쉬움을 남긴 채 한 편의 영화는 끝나지요. 산다는 건 그런 겁니다. 인생이라는 화면에 엔딩 크레디트가 올라가겠지요. 당신은 〈해피 투게더〉에서 "우리 처음부터 다시 시작하자"고 했지만 그럴 수는 없는 일이지요. 자, 4월의 영화는 끝났습니다.

아듀, 장국영! 아듀, 우리의 청춘!

당신은 '인간 실격' 그 자체였지요.

후대 독자들은 패자의 유언 같은 당신의 문학에서

한줄기 미와 숭고의 가능성을 찾겠지요.

해마다 기일이면 당신의 문학을 사랑하는 많은 이가

당신의 묘비를 찾아와 묘비 테두리에 파인 홈에

빨간 앵두를 꽂는다지요.

太宰治

(1909~1948)

To. 다자이 오사무

"나는 지금 너무 외로워.
오늘부터 수족관을 만들 계획이야."

다섯 번의 자살 미수와 약물중독, 알코올중독과 폐결핵, 퇴폐와 타락에서 허우적이다가 서른아홉 나이에 동거 여성과 도쿄의 강물에 뛰어들어 죽은 당신은 우리 세대에게 덧없는 청춘의 상징 같은 존재였지요. 왜 모든 청춘은 절망을 몇 개씩 거느리고 가망 없는 희망을 품은 채 방황하는 걸까요?

오, 불운과 불행이 이끄는 마차를 타고 시대를 가로질러 질주한 다자이 오사무! 메이지 시대의 끝자락인 1909년에 태어난 당신은 유년기 모유 수유의 결핍이 만든 불행, 패전국의 절망 따위를 내면화하며 자기 방기의 삶을 살았지요. 영락한 삶을 근근이 이어가며 스스로를 늘 지는 사람이라고 하던 당신이 삶의 경영에 실패한 것

은 나쁜 시대가 빚은 불운에 빠진 탓인지도 모르지요. 동시대의 청년들의 삶이 그랬듯이 당신의 청춘도 일본 제국주의의 야망이 일으킨 전쟁과 수시로 울리던 공습 사이렌의 불안, 군수품 생산 탓에 생긴 민간 경제의 파탄 따위가 집어삼켰지요. 당신의 퇴폐와 불행은 격동하는 시대의 불안, 세계적인 불황의 영향, 전범 국가의 오욕에 대한 반동일지도 모르지요.

친구에게 "나는 지금 너무 외로워./오늘부터 수족관을 만들 계획이야"*라고 편지를 썼던 소년의 외로움을 우리는 세세하게 알지 못합니다. 우리 세대는 신구문화사판 '세계전후문학전집—일본편'에 실린 『사양斜陽』을 읽고 당신의 '낭만적 자멸파' 문학 세계에 입문했지요. 당신은 비굴하고, 비루하고, 나약하기 짝이 없었지만, "멸망에 대한 서사시"라는 평가를 받은 『사양』은 아름다웠지요. 일본의 데카당스 문학의 선구자로 꼽히는 당신의 뛰어난 작품에 대비되는, 엄살과 비굴함으로 얼룩진 당신의 인격 때문에 곤혹스러웠지요. 당신의 소설을 좋아하지만 누추한 삶은 도무지 존경할 수가 없으니까요. 좀처럼 쇠락과 퇴폐에서 벗어나지 못한 당신은 어느 글에선가 스스로가 새도, 짐승도, 인간도 아니라고 고백했지요. 당신보다 16세나 연하인 작가 미시마 유키오는 소년 시절부터 당신 소설을

좋아했지만, 당신의 결함이 많은 삶에 크게 실망한 뒤 "다자이의 성격 결함이라는 것들은, 적어도 그 절반은 냉수마찰이나 같은 규칙적인 생활만 하면 치유될 수 있는 것이다"라고 일갈했지요.

> 부탁이 있습니다. 이건 내달 30일까지 확실하게 돌려드리겠습니다. 20엔, 사장님께 빌릴 수 없을까요. 다음 달 말일이면 고향에서 돈을 부쳐줄 것이니, 이건 틀림없이 돌려드릴 수 있습니다. 이번에는 약속드립니다.
>
> 20엔 정도, 긁어모으면 모을 수 있을 것도 같지만 실제로는 어려워 다른 수단을 찾을 수가 없습니다. 연말에 아무래도 벗어날 수 없는 까다로운 지출이 있어 고민 끝에 드리는 부탁입니다.*

1937년 12월 21일, 한 지인에게 당신이 쓴 편지의 일부입니다. 21엔이 당시 화폐 가치로 얼마나 되는지 가늠할 수는 없지만 큰 액수가 아닌 건 분명하지요. 문맥을 보면 당신이 돈 부탁을 한 게 처음은 아닌 듯싶지요. 당신이 쓴 편지들을 보면 여러 지인들에게 구질구질한 부탁을 늘어놓기 일쑤지요. 당신의 절박한 호소에 선뜻 호의를 베푼 사람도 있었지만 그보다 굴욕과 모욕을 준 사람이 더 많았지요.

무엇보다도 당신을 괴롭힌 것은 가난과 고아 의식인데, 당신이 처음부터 가난한 것은 아니었지요. 당신 아버지는 대지주이자 중의원 의원으로 고향에서 고액 납세자 명단에서 빠진 적이 없는 지방 토호였으니까요. 하지만 그 막대한 부를 쌓는 과정은 그다지 아름답지는 못했지요. 농민과 소작인의 노동력을 착취하고, 가난한 이들의 고혈을 빠는 고리대금업으로 만든 것이었으니까요. 어쨌든 당신은 그런 가문의 7남 4녀 중 여섯째로 태어났지요. 당신의 형제자매는 모두 열한 명, 그런데 당신이 태어날 무렵엔 이미 맏형과 둘째 형은 죽고 없었지요. 대가족과 하인들이 북적거리는 가운데 어린 당신은 아무런 보살핌을 받지 못한 채 성장했지요. 풍족한 환경이지만 아버지는 엄격하고, 어머니는 병약한 탓에 당신은 일찍이 외로움에 눈떠 민감한 소년으로 자라났지요. 유모와 숙모에게 맡겨져 양육된 어린 당신의 내면에 깃든 고아 의식은 그런 가족 환경에서 불가피하게 빚어진 것이겠지요.

도쿄제국대학 불문과에 입학하면서 당신은 가족의 그늘에서 벗어나 해방감을 맛보지요. 그 해방감은 무절제한 향락 생활과 과도한 소비로 치닫게 했지요. 부모가 보낸 고액의 생활비를 탕진하며

유곽에서 만난 기생과 동거를 하고, 다른 한편으론 공산당 조직에 가입하여 좌익 운동에 뛰어들었지요. 당신은 기생과의 결혼 문제로 가문에서 파문당한 뒤 하숙집에서 음독자살을 기도하지만 실패, 얼마 뒤에 긴자의 카페에서 만난 여급과 바다에 뛰어들어 두번째 자살을 기도하지요. 여인만 죽은 그 사건으로 당신은 자살방조죄로 기소되어 유예 처분을 받았지요.

부모가 달마다 보내는 돈이 끊기자 당신의 경제는 금세 파탄에 빠졌지요. 당신은 스스로 생계를 세울 만한 능력이 전무했지요. 누구에게나 가난은 가장 약한 무릎 관절 같은 것! 당신의 가난은 치명적인 것이었지요. 당신의 자존감은 바닥에 떨어지고, 생활은 속수무책으로 누추해졌지요. 당신이 좌익 운동에서 발을 빼고 문학에 투신한 것은 그나마 다행한 일이었지요. 하지만 당신은 거듭되는 실패에 무기력해지고, 사회의 대열에서 떨어져 낙오자가 되었지요. 당신을 연민하는 여인의 품과 약물중독, 그리고 엉망진창인 생활로 막무가내로 도피했지요. 그다음은 나락, 나락, 나락!

당신은 '인간 실격' 그 자체였지요. 앵두가 익는 초여름에 동반자살로 당신은 그 추악한 삶에 마침표를 찍지요. 지인들에게 구걸하

듯 빌린 빚을 한푼도 청산하지 못한 채로. 강물에 투신한 당신 시신이 물위로 떠오른 건 엿새 뒤. 1948년 6월 19일, 공교롭게도 당신의 서른아홉번째 생일이었지요. 퇴폐와 허무를 빚어 만든 고결한 문학의 제단에 생을 바친 셈이지요. 당신의 문학은 진부한 불행과 외로움과의 치열한 전쟁에서 치명적인 내상을 입은 전사가 남긴 유언일까요. 후대 독자들은 패자의 유언 같은 당신의 문학에서 한줄기 미와 숭고의 가능성을 찾겠지요. 해마다 기일이면 당신의 문학을 사랑하는 많은 이가 당신의 묘비를 찾아와 묘비 테두리에 파인 홈에 빨간 앵두를 꽂는다지요.

굿바이, 슬픔에 사로잡힌 다자이 오사무!

* 다자이 오사무, 『다자이 오사무 서한집』, 정수윤 옮김, 읻다, 2020.

당신의 시는 내 무의식에 깊이 잠긴 토속 정서와
노스탤지어를 깨우곤 하지요.
겉으로는 없는 장소에로의 귀환,
불가능한 장소로의 돌아감에서 발생하는 아련한 슬픔이지만
속내로는 소멸된 시간을 향한 그리움이
노스탤지어의 본질 아니던가요.

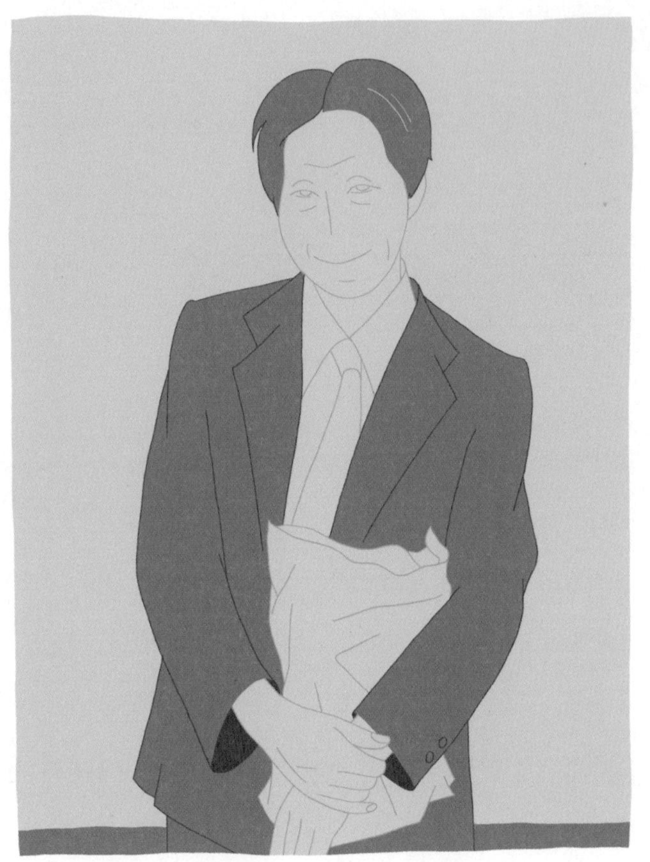

朴龍來

(1925~1980)

To. 박용래

호박잎에 모이는 빗소리 같던 용래 성님의 시

1984년에 처음 출간한 박용래 시전집 『먼 바다』는 내가 가장 아껴 읽는 시집 중 하나지요. 평생 산출한 것을 다 모은 '전집'이라지만 고작 3백 쪽에도 못 미치는 책이지요. 한 세대 위의 어른인 당신을 내 고장 사투리로 '성님'이라고 부를 때 다소 불경스러운 느낌이 없지는 않지만 나는 굳이 그 호칭을 고집하겠습니다. 용래 성님, 당신은 1925년 음력 정월 14일, 충청남도 논산군 강경읍에서 유생이자 소지주인 밀양 박씨 가문의 늦둥이 막내로 태어났지요. 위로 형님이 셋, 그리고 당신이 '홍래 누님'이라고 부른 누이가 하나. 홍래 누님은 연로한 부모 대신 어린 당신을 지극한 마음으로 돌봤지요. 당신은 그런 누이를 누구보다 잘 따랐다지요. 당신보다 늦게 논산에서 태어난 나는 그 가느다란 인연에 기대어 당신을 다정하게 부르고 싶

은 것이지요.

울타리 밖에도 화초를 심는 마을이 있다
오래오래 잔광이 부신 마을이 있다
밤이면 더 많이 별이 뜨는 마을이 있다.

—「울타리 밖」 중에서*

울타리 밖에도 화초를 심는 고향은 그곳을 떠난 뒤에야 발견되고 그 의미가 더 또렷해지는 장소지요. 성님의 시는 한결같이 슬프고 아름답고 그리운 고향을 그렸지요. 성님, 우리는 언제 그 고향에 돌아가 그 초록 들길을 다시 걸어볼 수 있을까요?

오동꽃 우러르면 함부로 노한 일 뉘우쳐진다.
잊었던 무덤 생각난다.
검정 치마, 흰 저고리, 옆가르마, 젊어 죽은 홍래 누이 생각도 난다.

—「담장」 중에서*

성님의 시 「담장」에 나오는 홍래 누이가 초산의 산고를 이기지 못하고 불귀의 객으로 세상을 떠난 뒤 당신의 말수는 부쩍 줄었지요.

누이를 잃은 충격이 얼마나 컸던지 명랑 쾌활하던 기질은 우울한 내향성으로 바뀌었지요. 강둑의 버들꽃 같은 누이를 잃고 응어리진 슬픔을 탕약 달이듯 달여 매운 싯구 몇 개를 빚었지요. 용래 성님의 뮤즈인 '젊어 죽은 홍래 누이' 같은 존재가 내겐 없다는 게 끝내 쓸쓸하고 분했지요.

당신의 시에는 한때 번성했다가 멸망해버린 옛 나라 백제의 후예들, 잘난 것도 못난 것도 없는 죄 없이 유순한 사람들이 내면에 품었을 정한과 슬픔이 면면히 녹아 흐르지요. 옥양목빛 햇빛이 내리는 들녘 한가운데 홀로 서서 '나는 슬프냐, 나는 슬프냐'라고 혼잣말로 묻는 성님의 마른 목소리가 내 귓가에 쟁쟁 울리는 듯합니다. 당신 시집을 열면 대싸리, 모과, 능금, 이끼, 달개비, 민들레, 엉겅퀴, 괭이풀, 목화다래, 상수리, 수수이삭, 미루나무, 원두막, 바자울, 쇠죽가마, 잉앗대, 횃대, 멍석, 모깃불, 성황당, 옹배기, 볏모개, 이팥, 새알콩, 시래기죽, 아욱죽, 목침, 베잠방이, 얼레빗, 실타래, 옥양목, 까마귀, 동박새, 반딧불, 베짱이, 소금쟁이, 물발개, 버들붕어, 메기, 쏘가리 같은 겨레말들이 무시로 출몰하지요. 이 겨레말 중 일부는 옛 풍물이 그렇듯 자취를 감추어서 젊은 세대에게 낯설게 울리겠지요. 당신은 진주보다 더 소중하고 아름다운 이 겨레말들을 갈고닦아 시어

로 썼지요. 스무 살 문학청년이던 나는 중부 곡창지대 노릇을 하는 논산 내포평야 그 너른 들녘, 놀뫼와 나루, 채운산 따위의 지명들이 환기하는 정서에 젖은 채 당신의 시를 참 열심히도 읽었더랬죠. 호박잎에 모이는 빗소리 같던 용래 성님의 시. 여문 호박씨 같고 해바라기씨 같은 옹골찬 겨레말로 꾹꾹 눌러 쓴 당신의 짧고 견결한 시를 읽을 때마다 정량을 초과하는 노스탤지어 때문에 자주 울컥하곤 했지요. 겉으로는 없는 장소에로의 귀환, 불가능한 장소로의 돌아감에서 발생하는 아련한 슬픔이지만 속내로는 소멸된 시간을 향한 그리움이 노스탤지어의 본질 아니던가요. 실향자들이 고향에 돌아가는 것에 실패하는 이유는 그것이 더이상 찾을 길 없는 사라진 시간으로의 귀환이기 때문이지요.

용래 성님, 당신은 일제강점기인 1943년 지역 명문인 강경상업학교를 전교 수석으로 졸업하고 조선은행(지금 한국은행)에 특채되었지요. 한반도를 가로지르는 블라디보스톡행 조선은행권 현금 수송열차에 입회인으로 무장경호원과 함께 탑승하여 두만강을 건넌 당신 이야기는 전설로 떠돌지요. 당신은 북방의 밤낮을 가리지 않고 무시무시하게 쏟아붓던 눈발에 감탄을 내뱉곤 했지요. 해방 뒤 인구 5만의 중부도시인 대전에 뿌리를 내린 당신은 도립병원 간호원

이던 아내를 만나 아이 넷을 둔 가장으로 생계 책임을 지기 위해 중학교 준교사 자격증을 취득해 보문중학교, 한밭중학교, 대전북중학교 등에서 국어교사로 후학들을 가르쳤지요. 하지만 이내 그만두고 아내를 대신해서 집안 살림을 도맡아 아이들을 기르고 서정시 몇 줄 끼적이는 한량으로 돌아갔지요.

용래 성님, 당신은 이 땅의 빼어난 서정시인이기에 앞서 조출한 인격으로 존경을 받는 고향 성님이고, 아이를 포대기에 업고 돌아다녀 '애보개'라는 놀림마저도 기꺼워하던 다정한 아버지였지요. 울새들 같은 딸 넷과 늦둥이 아들 하나를 올곧게 길러낸 성님, 생전에 "판소리나 한마당 멋들어지게 뽑을 줄 아는 콩새"이고 싶다던 당신은 1980년 7월, 갑작스러운 교통사고로 집안에서 누워 지내다가 11월 21일 오후에 심장마비로 모스러진 섬돌 같은 삶을 마감했지요. 다소 허망한 죽음이었지요. 용래 성님, 왜 그리 서둘러 세상을 떠났나요? 오늘은 당신과 무릎을 맞대고 개다리소반 위에 탁주 주전자를 놓고 주거니 받거니 밤새 마시고 대취하고 싶습니다.

* 박용래, 『먼 바다』, 창비, 1984.

작가의 말을
대신하며

박연준 시인에게

너무 늙은 세상에 너무 젊게 도착한 이들은

그 시차로 내내 시대와 서걱거리며

괴로움을 제 삶의 동력으로 삼습니다.

허무와 순교는 아름답지만 치명적이지요.

길쭉하고 작은 빗방울이 머리통에 떨어지며

쿵 하는 굉음을 내듯이

이들은 우리 내면에 소란을 일으키고, 영감의 파동을 만듭니다.

무용한 아름다움을 좇는 이들을 사랑했다고 고백합니다

우리는 한 해 반에 걸쳐 편지를 썼습니다. 각자의 방에서 예술가에게 열여덟 통의 편지를 다 쓰고 나왔을 때 우리 내면의 아이는 더 성장하고, 폐소공포증은 나아졌을 겁니다. 저 가스덩어리와 우주의 광대한 먼지 속에서 태어나는 별들의 기척을 느끼며 살아 있다는 것은 기적입니다. 비록 우리 의로움은 소박하고 나날의 활동은 미미할지라도 당신들로 말미암아 먼 곳은 더 가까워지고, 행복한 리듬으로 우리 노래가 더 밝아짐을 보람으로 삼을 수 있었습니다. 당신들께 쓴 이 편지들을 차마 폐기하지 못하고 묶어 책으로 펴내는 것은 생의 덧없음 때문만은 아닐 겁니다.

날마다 신문에서 부고 기사를 찾아 챙겨 읽습니다. 내가 모르는

죽은 이의 명복을 비는 것은 옛날의 습관인데, 혀의 미각을 만족시키는 음식을 취하고, 낮은 베개에 머리를 뉘고 잠을 자는 동안 누군가는 죽고 누군가는 살아 있다는 실감은 또렷해집니다. 음식과 잠, 나날의 날씨를 생의 필요조건으로 삼는 것에 불만이 있을 수 없습니다. 이 안락함에 균열을 내고 그 틈으로 불안을 모락모락 피워내는 예술가들은 우리의 삶을 의심하고 다른 삶을 상상하게 합니다. 이들의 시를, 음악을, 춤을, 그림을, 연기를 사랑하고, 그 사랑으로 매달 우리 편지의 수신인으로 소환했습니다. 이들의 결벽증과 고결한 비애를, 그리고 무용한 아름다움에의 헌신을 사랑했다고 고백합니다.

겨울의 보육원을 방문하고 그 복도에서 따뜻한 담요와 보온 양말, 그리고 얼음이 녹고 시냇가에 버들개지가 피는 계절을 상상합니다. 상상은 우리의 권리지요. 말과 행위의 사소함, 작은 생활 계획은 중요하지 않습니다. 무지하고 순수한 우리는 소규모의 행복을 갈망할 뿐입니다. 우리보다 더 하염없고 제 날개가 꺾이는 것도 모른 채 무용한 아름다움을 좇는 존재들. 그렇습니다. 에릭 사티가 그랬고, 나혜석이 그랬고, 실비아 플라스가 그랬고, 권진규가 그랬고, 장국영이 그랬습니다. 제 신체에 고독이란 낙인을 찍은 채 순교를 향해 늠

름하게 나아간 이들. 너무 늙은 세상에 너무 젊게 도착한 이들은 그 시차로 내내 시대와 서걱거리며 괴로움을 제 삶의 동력으로 삼습니다. 허무와 순교는 아름답지만 치명적이지요. 길쭉하고 작은 빗방울이 머리통에 떨어지며 쿵 하는 굉음을 내듯이 이들은 우리 내면에 소란을 일으키고, 영감의 파동을 만듭니다.

예술가란 괴짜, 보헤미안, 단독자, 은둔자 들입니다. 생활의 낙오자들. 야생 염소처럼 어기적거리며 가는 이들은 "창조의 웅석꾸러기들"(라이너 마리아 릴케, 「두이노의 비가」)입니다! 덧없이 반짝이다 사라지는 이 필멸의 존재들, 한사코 소멸에 저항하며 예술을 제 은둔의 둥지로 삼고, 패배를 속절없이 수락한 이들의 고독은 우리가 함부로 할 수 없는 사유 재산, 이들에게서 흘러나온 한줄기 아름다움이 우리 마음에 스미고 섞이며 경의와 찬탄을 끌어냅니다. 우리가 배울 한줌의 교훈이 없겠습니까? 우리는 불행으로 내딛는 걸음에 거침이 없고, 예술이란 환희의 방패로 제 심연을 보호하려던 이들의 한숨과 사만일천 년의 고독에 공명합니다. 이들 생애의 쓸쓸함을 더듬고 역경에 공감하는 한 줄 문장을 적을 때 어쩔 수 없이 마음의 여린 데가 찔리는 듯 통증을 느꼈습니다.

우리는 매달 예술의 불멸성과 제 행복을 맞바꾼 예술가에게 편지를 썼습니다만 대체 편지란 무엇인가요? 발신자와 수신자 사이의 내밀한 교감과 사적인 고백이 일어나는 자리가 아닌가요? 편지란 소소한 비밀과 일상을 공유하는 씨앗이고 땅거죽을 들어올리며 세상을 바꾸기 위해 나오는 새싹입니다.

우리 생이 나침판과 지도 없이 떠나는 편도 여행이라는 것을, 우리의 모든 생의 기획에는 승리가 없고 오직 극복의 덧없음만이 전부라는 것을 깨닫는 데는 그리 오랜 세월이 걸리지 않습니다. 그뒤로 편지 쓰기에 태만했습니다. 별들 뒤에서 대천사들이 홀연 나타나는 숭고의 찰나는 없었습니다만 세상에 소금과 후추가 필요한 만큼 편지 한 통의 보람과 기쁨은 있어야 한다는 사실조차 모를 수는 없습니다. 당신과 내가 쓴 편지들이 야만의 세상에 선한 영향력이라는 작은 파문을 만들기를 바랍니다. 한 해 중 어둠이 가장 긴 동지의 깊은 곳 모란과 작약이 꽃망울을 피우려는 기척 속에서 당신에게 편지를 쓰고 싶은 순간이 지나갑니다.

2022년 가을

장석주